Esta edição possui os mesmos textos ficcionais das edições anteriores.

O caso da borboleta Atíria
© Lúcia Machado de Almeida, 1975

Diretoria editorial Lidiane Vivaldini Olo
Gerência editorial Kandy Saraiva
Edição Camila Saraiva

Gerência de produção editorial Ricardo de Gan Braga
ARTE
Narjara Lara (coord.), Thatiana Kalaes (assist.)
Projeto gráfico & redesenho do logo Marcelo Martinez | Laboratório Secreto
Capa montagem de Marcelo Martinez | Laboratório Secreto sobre ilustração de Milton Rodrigues Alves
REVISÃO
Andreia Pereira e Flávia Zambon
ICONOGRAFIA
Silvio Kligin (superv.), Claudia Bertolazzi (pesquisa), Cesar Wolf
e Fernanda Crevin (tratamento de imagem)
Crédito das imagens Acervo da Universidade Federal de Minas Gerais — UFMG (p. 124 e 126)

CIP-BRASIL. CATALOGAÇÃO NA FONTE
SINDICATO NACIONAL DOS EDITORES DE LIVROS, RJ

A448c
23. ed.

Almeida, Lúcia Machado de, 1910-2005
 O caso da borboleta Atíria / Lúcia Machado de Almeida. - 23. ed. -
São Paulo : Ática, 2016.
 128 p. (Vaga-Lume)

 Apêndice
 ISBN 978-85-08-18157-5

 1. Ficção infantojuvenil brasileira. I. Título. II. Série.

16-32887
CDD: 028.5
CDU: 087.5

Código da obra CL 739845
CAE 594802

2024
23ª edição
10ª impressão
Impressão e acabamento: Vox Gráfica / OP: 248527

editora ática

Direitos desta edição cedidos à Editora Ática S.A.
Avenida das Nações Unidas, 7221
Pinheiros – São Paulo – SP – CEP 05425-902
Tel.: 4003-3061 – atendimento@aticascipione.com.br
www.aticascipione.com.br

IMPORTANTE: Ao comprar um livro, você remunera e reconhece o trabalho do autor e o de muitos outros profissionais envolvidos na produção editorial e na comercialização das obras: editores, revisores, diagramadores, ilustradores, gráficos, divulgadores, distribuidores, livreiros, entre outros. Ajude-nos a combater a cópia ilegal! Ela gera desemprego, prejudica a difusão da cultura e encarece os livros que você compra.

O Caso da Borboleta Atíria

LÚCIA MACHADO
DE ALMEIDA

Série Vaga-Lume

Crime no mundo dos insetos

SOLTE SUA IMAGINAÇÃO! Você vai se deparar com um tremendo mistério policial que tem como protagonista uma singela borboleta. A história se passa no mundo dos insetos — que você vai ter oportunidade de conhecer, como se ficasse pequeno e compreendesse a língua de grilos, besouros e lagartas.

Quem é o criminoso que está ameaçando a floresta? Qual o motivo dos crimes? As respostas são surpreendentes... Lúcia Machado de Almeida cria uma emocionante aventura de detetive, misturando elementos de lendas e contos de fadas.

Ao fazer os insetos falarem e pensarem, a autora apresenta uma visão crítica da própria sociedade humana, levando o leitor a refletir sobre o mundo em que vive. Prepare-se para conhecer um livro mágico. Venha solucionar *O caso da borboleta Atíria*. Boa leitura.

capítulo 1.
Atíria **9**

capítulo 2.
A folha falante **13**

capítulo 3.
O Príncipe Grilo, Caligo e Papílio **16**

capítulo 4.
Vanessa Atalanta **20**

capítulo 5.
Aventura **25**

capítulo 6.
A nuvem negra **30**

capítulo 7.
O galho mágico **36**

capítulo 8.
Mistério **41**

capítulo 9.
O fantasma **44**

capítulo 10.
Um pouco de luz **49**

capítulo 11.
O parque de diversões **55**

capítulo 12.
Papílio na colmeia **64**

capítulo 13.
O concerto **78**

capítulo 14.
Perigo **84**

capítulo 15.
A gruta dos horrores **90**

capítulo 16.
Lá fora **100**

capítulo 17.
O Esqueleto-Vivo **103**

capítulo 18.
Chegariam tarde? **106**

capítulo 19.
Esclarecimento **116**

capítulo 20.
As bodas **118**

Bibliografia **123**

Saiba mais sobre Lúcia Machado de Almeida **124**

1. Atíria

NUM BOSQUE CHEIO DE PASSARINHOS E FLORES, aparecera certa vez uma pequenina e silenciosa crisálida, colada ao tronco de uma árvore.

Uma velha Jitiranaboia* examinava-a admirada, pensando nas coisas extraordinárias que estavam acontecendo com ela. Pobrezinha! Ficava ali tão só e abandonada! Em toda parte as mães-borboletas gostavam de vigiar as crisálidas, esperando a hora em que se completasse o fenômeno maravilhoso da metamorfose e as filhinhas-borboletas saíssem dos invólucros.** Aquele, entretanto, parecia não interessar a ninguém.

— Esse inseto não deve ter pai nem mãe, pensou a Jitirana.

Céus! Como era feia Dona Jitirana! Um corpo grande e desajeitado, uma cabeça enorme, inchada, um narigão seme-

------

* A Jitiranaboia mede cerca de sete centímetros, é aparentada com a cigarra e sofre metamorfose incompleta. (Pertence à ordem dos homópteros.)
** Esse cuidado de as borboletas vigiarem os casulos corre por conta da fantasia da autora, uma vez que elas vivem apenas de duas semanas a um ano, depois de atingida a fase adulta, em que se reproduzem.

lhante a tromba. Metia medo... Sem razão, aliás, pois Dona Jitirana era uma das melhores criaturas que se possa imaginar.

Atenção! Eis que a crisálida começou a mexer-se... rompeu-se... e, pouco a pouco, veio surgindo lá de dentro uma pequenina borboleta...

Era linda, e suas asas amarelas e pretas estavam como que molhadas.

— É uma Atíria!* — exclamou a Jitirana, encantada.

A recém-nascida abriu os olhos e tentou levantar voo. Inútil, não conseguia sair do mesmo lugar.

— Espere um pouquinho, meu bem — disse a Jitirana, aproximando-se. — Dentro de uma ou duas horas as asas ficarão firmes e você poderá voar.

O rosto feio assustou a pequenina, mas havia tal doçura, tal carinho no olhar da Jitirana, que Atíria acabou sorrindo, confiante.

Era tão frágil, tão ingênua e não compreendia nada ainda...

Lembrava-se vagamente de seu estado de larva, quando se arrastava pelo chão e só sabia comer folhas e dormir. Depois, o sono de dois meses... o esquecimento na crisálida... Até que um ímpeto de vida a fez tomar conhecimento real de sua personalidade.

— Experimente voar agora — disse a Jitirana.

A borboleta abriu as pequeninas asas, equilibrou-se no ar durante algum tempo, depois caiu ao chão outra vez.

....
* Borboleta noturna, comum nos bosques do Brasil. (Seu nome científico é *Atyria isis* e pertence à família *geometridae*.)

Esquisito aquilo, pois já se haviam passado três horas desde que tinha abandonado a crisálida e era natural que saísse voando livremente. Seria defeituosa?

— Venha aqui, pequenina, deixe-me ver o que aconteceu — falou a Jitirana.

Dito e feito. A borboleta tinha nascido com um desvio qualquer numa das asas, o que lhe dificultava o voo. E não havia jeito. A vida inteira ficaria assim, sem poder ir longe, sem aguentar viagens longas.

E teria de enfrentar sozinha o imenso bosque cheio de armadilhas e perigos, surpresas e mistérios...

O coração da Jitirana sentia-se atraído para tudo o que era humilde, fraco, desprotegido, e ela comoveu-se. Entretanto, já havia tomado uma decisão. Nunca tinha sido mãe, adotaria a pequenina borboleta como filha. Amá-la-ia e defendê-la-ia contra tudo e contra todos.

— Você quer morar comigo? — indagou, aproximando-se da recém-nascida.

Atíria hesitou a princípio, pensativa. A Jitirana procurava adivinhar-lhe a resposta no jeito tímido de olhar. Será que Atíria se recusava? A Jitirana se entristeceu, sem esperança. Para disfarçar seu embaraço, começou a quebrar uma folha seca, com as patinhas.

Atíria pareceu decidir-se afinal:

— Vou dar muito trabalho à Senhora — respondeu com voz fraquinha.

— Não diga isso, menina. Vivo sozinha, você até servirá de companhia para mim — disse a Jitirana, satisfeita.

— Então, sim. E muito obrigada. Hei de trazer todos os dias um pouquinho do néctar das flores para a Senhora.

E voaram devagarzinho até um velho tronco de jacarandá, onde morava a Jitirana.

— Não tenha medo de nada — disse ela. — Tomarei conta de você para sempre.

Ah! Bem que ela iria precisar de proteção! Alguém de mau, de muito mau mesmo — o ser mais perverso e diabólico do reino dos insetos — iria persegui-la. Um estranho ser mergulhado nas trevas, dotado de poderes quase sobrenaturais...

2. A folha falante

DOIS MESES JÁ SE HAVIAM PASSADO e Atíria ainda mal conhecia o bosque.

— Não vá longe, filhinha — recomendava mamãe Jitirana.

Todo cuidado era pouco. Não andava por ali Arlequim-da-mata,* o perigoso escaravelho-bandoleiro de corpo chitado de vermelho, preto e branco?

E se fosse atacada pelo Touro Voador, o horrível besouro gigante de chifres pontiagudos? Ai dela, se tivesse de fugir às carreiras de algum inseto malvado! Cansava-se tão depressa, coitadinha!

— Até logo, mamãe — disse a borboleta, afastando-se.

Que silencioso estava o bosque! Nenhum pássaro cantando... nenhum ruído, nem mesmo o rumor tranquilo da água escorrendo da nascente.

....
* Inseto também conhecido como arlequim-de-caiena e que sofre metamorfose completa. (Seu nome científico é *Acrocinus longimanus* e pertence à ordem dos coleópteros.)

Atíria voava baixinho, sugando o néctar das flores. Súbito, um zumbido fino a fez estremecer assustada, enquanto uma folha verde caía à sua frente. Não era folha, mas sim... o que haveria de ser? Nada mais, nada menos que o engraçado Senhor Louva-a-deus!...*

— Bom dia, pequena Atíria — disse ele, sorrindo. Não fique zangada, eu quis pregar-lhe um sustozinho... Só isso...

— Quase desmaiei, estou tremendo de medo — disse ela, meio pálida.

Que brincalhão era o Senhor Louva-a-deus!

Vivia rindo, "pregando peças" nos outros e sempre comprido e magro, com aquele ar de santinho, de mãos postas, como se estivesse rezando...

Morava num pinheiro vizinho, e Dona Jitirana gostava dele, pois sabia que, apesar de levado, tinha bom coração.

— Como vê, Senhorita Atíria, divirto-me bastante com o meu mimetismo. Quando quero passar despercebido, pouso nalgum galho de árvore e fico misturado nas folhas como se fosse uma delas... E, assim disfarçado, ouço muito segredo interessante e protejo-me contra os inimigos...

Continuaram voando e pousaram numa colina.

— Venha ver uma coisa engraçada, Atíria! — exclamou o Louva-a-deus, examinando um buraquinho que havia no chão.

— O que é isso? — indagou a borboleta, curiosa.

....
* Esse inseto exibe mimetismo, e passa por metamorfose incompleta. É voraz, e algumas espécies chegam a medir 10 cm de comprimento. (Pertence à ordem dos mantídeos.)

— É uma galeria muito bem-feita. Dentro dela mora uma ninfa que vai transformar-se em cigarra. Imagine você que ela está enterrada há mais de quatro anos nesse buraco!* O subterrâneo tem até uma despensa, onde ela guarda raízes de plantas para se alimentar.

— Que interessante! E até quando vai ficar aí?

— Até criar asas e acabar a metamorfose. Sabe de uma coisa? Estou doido de vontade de bulir com ela...

Dito e feito. O Louva-a-deus enfiou a cabeça no buraco e começou a gritar:

— Saia daí, preguiçosa! Já não é sem tempo! Isso também é demais! Nasce bicho, morre bicho, e você enterrada a vida inteira nesse buraco... Saia daí, ande...

A ninfa subiu e pôs a cabeça para fora, indignada:

— Não me amole, Senhor Mantídeo! Deixe-me em paz! Vá tratar de sua vida, que eu cuido da minha... Intrometido!

E desapareceu no fundo da galeria.

— Vossa Excelência anda nervosinha, hem? — gritou o Louva-a-deus.

— Está precisando tomar um chá de maracujá para acalmar-se — acrescentou Atíria, rindo...

— Bem, amiguinha borboleta. Estou com um pouco de reumatismo nas patas e vou para casa repousar. Até logo.

— Adeus.

Mas que melodia tão linda seria aquela que de repente foi ouvida no bosque?

....
* Há uma cigarra norte-americana que fica dezessete anos enterrada, até completar sua evolução.

O Caso da Borboleta Atíria

3. O Príncipe Grilo, Caligo* e Papílio**

NUMA PEQUENA CARRUAGEM DOURADA, tecida com fios de seda, puxada por quatro borboletas azuis, vinha o Príncipe Grilo, Senhor das Florestas.

Como cantava bonito! Os sons espalhavam-se pela mata e misturavam-se com a música suave das folhas sacudidas pelo vento.

Duas borboletas acompanhavam-no, pousadas a seu lado. Uma delas era preta e aveludada, com enfeites cor-de-rosa nas asas. Tratava-se do inteligente Senhor Papílio, amigo de infância do príncipe e detetive do bosque. A outra era bastante simpática e tinha grandes asas de um tom marrom acinzentado. Chamava-se Caligo e trabalhava com Papílio.

....
* Borboleta grande, comum nos bosques sombrios do Brasil, Guianas, Peru, México etc. Sua lagarta vive geralmente nas bananeiras. (É chamada cientificamente de *Caligo eurilochus* e pertence à família *brassolidae*.)
** Borboleta comum nos campos, prados e jardins do Brasil. Sua lagarta vive nas laranjeiras. (Conhecido cientificamente por *Papilio anchisiades capys*, da família *papilionidae*.)

— Como é lindo o Príncipe! — pensou Atíria, que observava a cena, escondida numa árvore.

A música parou, e Grilo deu ordem para que as borboletas azuis pousassem a carruagem no chão e fossem voar, pois não desejava que elas ouvissem certa conversa que iria ter.

— Que tarde maravilhosa! — exclamou Caligo.

— Muito linda mesmo — concordou o Príncipe. Mas tenho o coração tão triste que nem posso apreciar essas belezas! Ah! se ao menos eu pudesse saber quem matou minha noiva Helicônia! Há alguma novidade a esse respeito, meus amigos?

— Nenhuma, meu Senhor, disse Papílio. Eu e Caligo demos uma busca no Antro das Bruxas Noturnas, onde o corpo da Senhorita Helicônia foi encontrado sem vida, e não achamos nada que esclarecesse.

— Alguma coisa está a dizer-me que uma dessas feias aves é responsável por isso — acrescentou Caligo.

— Mas como saber qual delas? — tornou o Príncipe. — E por que teria feito isso?

— É estranho realmente — disse Papílio. A Senhorita Helicônia sempre foi estimada por todos e não tinha inimigos de espécie alguma. Não se preocupe, meu Príncipe. Há de chegar o dia em que tudo será explicado e o verdadeiro culpado receberá o justo castigo, fique certo disso. Bem, vou indo. Preciso visitar uma joaninha que vai dar-me algumas informações interessantes. Quer me acompanhar, Caligo?

— Com muito gosto, Papílio.

E saíram voando para longe.

Pousando numa folha, Grilo esperava as borboletas azuis. Aliás, ele não gostava de dar trabalho aos outros e preferia guiar ele mesmo a sua carruagem, mas estava com nevralgia nas asas e o médico tinha proibido qualquer esforço.

— Quanto problema a resolver! — suspirou alto o Príncipe.

Um ruído inesperado o fez olhar para a árvore vizinha, descobrindo Atíria toda encolhidinha.

— Perdão, Senhorita. Julguei que estivesse só e comecei a falar alto. Deve ter pensado que eu fosse louco, hem?

— Não, Alteza — disse ela, desapontada.

— Por favor, não me chame de Alteza. Não imagina como isso me aborrece.

— Sim, Senhor, não chamarei mais, não.

Estavam conversando em *borboletano*, pois o Príncipe era muito estudioso e sabia falar várias línguas, até *sabiano*, que só os sabiás usavam...

Lá no bosque era assim: havia uma "língua-mãe", o *insetês*, que todos falavam, entendendo-se uns aos outros. Além dela, cada família tinha um dialeto para uso particular.

Havia o *marimbondês*, o *mosquitano*, o *besourês*, e assim por diante.

O Príncipe conversou muito com Atíria e ficou encantado com ela. Como era simples, alegre e educada!

— Não é só bem-educada — pensou ele. — Tem alguma coisa que não se aprende e que vem de sua grande bondade e delicadeza. E, além de tudo... tão engraçadinha!

— Preciso voltar, Senhor Príncipe — disse a pequenina borboleta. — Mamãe Jitirana fica aflita se eu não chegar logo.

— Ainda é cedo — tornou ele. — De um voo só a Senhorita alcançará o pé de jacarandá onde mora.

— É que... é que... eu só posso voar devagar... e aos pouquinhos — gaguejou ela. — Minhas asas são... um pouco... atrapalhadas.

— Fique mais um pouquinho — insistiu ele. — Levá-la-ei em meu carro, aceita? Será perigoso ir só. Dizem que anda por aí o terrível Arlequim-da-mata...

— Se não for muito incômodo para o Senhor, aceito.

Algum tempo depois mamãe Jitirana viu chegar a linda carruagem dourada puxada por borboletas azuis, com sua filha dentro.

— Sua Alteza! — exclamou ela, admirada.

O Príncipe apeou, beijou-lhe respeitosamente as patinhas e despediu-se.

— Disponha de um admirador de sua filha, que o honrou com sua companhia — disse ele, retirando-se.

E de novo ouviu-se uma melodia que se espalhou pelo bosque e se foi distanciando...

Como era belo o hino de Grilo!

Cedo a Jitirana compreendeu que Atíria era uma joia. Que triste ficava o velho jacarandá quando ela saía... E ela estava sempre alegre, rindo, cantando... Só tinha um defeito: era muito gulosa. Vivia com dor de barriga de tanto comer! Quando se tratava de framboesas, então... era um caso sério...

4. Vanessa Atalanta*

NA FLORESTA SÓ SE FALAVA NA CHEGADA DE VANESSA ATALANTA, a borboleta que viera da Inglaterra, de avião, escondida numa muda de "Crimson Glory".** Mas que elegância, façam-me o favor... Toda chitadinha de marrom, amarelo, vermelho e azul, um encanto! E voava com tal desenvoltura e segurança que dava gosto ver. Pena é que fosse tão convencida. Isso ela era... e muito... Pertencia a uma família muito importante, e diziam que sua avó estava gloriosamente espetada na coleção de um grande museu da Europa.

Todo o mundo queria conhecê-la, e uma porção de insetos começou a estudar *butterflish*, só para fazer bonito e conversar na língua dela.

Falava-se que até o Príncipe Grilo tinha ido render-lhe homenagens. Quem sabe? Talvez a Senhorita Vanessa conseguisse fazê-lo esquecer-se da morte misteriosa de sua noiva Helicônia...

....
* Borboleta encontrada na Europa, América do Norte, Ásia Menor e África.
** Famosa roseira inglesa.

Naquela manhã estavam todos reunidos numa grande clareira no meio do bosque, enquanto um famoso Gafanhoto-pintor fazia o retrato de Vanessa, numa folha de figueira, com tinta de suco de fruta.

Rodeada de admiradores, a borboleta mantinha-se de perfil, com as asas juntas, pousada em cima de uma pequena rocha.

— Um pouco mais de lado, por favor, Senhorita — recomendava o Gafanhoto-pintor. — Quero fixar bem o contorno das asas.

Ao lado de Vanessa, achava-se um besouro muito pernóstico e pretensioso, que tinha mania de elegância. Estava todo perfumado, e sua carapaça, polida com cera de abelha, brilhava tanto que não se podia olhar para ela sem piscar os olhos.

— Senhorita Vanessa — dizia ele cheio de curvaturas —, o delicado matiz de vossas asas é de tal modo harmonioso que meus olhos se deleitam em contemplá-lo.

— Senhor Besouro, sei que sou bela — disse a borboleta orgulhosamente, com um engraçado sotaque estrangeiro.

— Perdão, Senhorita... Besouro, não. Escaravelho. Ignorais porventura que meus avós eram adorados como objetos sagrados pelos antigos faraós do Egito?...

— Por que razão, Senhor Escaravelho?

— Mistério, Excelentíssima, mistério. Sabeis que meu pai é embaixador deste bosque na floresta vizinha? Perdoai a falta de modéstia, mas vem de tão ilustres ancestrais esse amor ao belo, que me tornou escravo de vossos encantos.

— Ai, que vontade de jogar um punhado de barro em Besouro, para estragar a elegância e o pedantismo dele! — exclamou o Louva-a-deus, que observava a cena, pousado numa árvore, acompanhado de Atíria.

— E havia de ser bem engraçado — disse ela. — Jogue... Jogue mesmo...

Pois não é que o endiabrado agarrou um bocado de lama e atirou de verdade? A coisa caiu em cheio no corpo do Besouro, que ficou todo lambuzado! E teve uma raiva tão grande que perdeu a fala... Vendo que os assistentes davam gargalhadas, ficou mais furioso ainda e quis avançar para o Louva-a-deus, que começou a gritar:

— Besouro... Besouro... Escaravelho nada... Besouro... Besouro...

A irritação do Senhor "Escaravelho" chegou ao auge, pois ficava indignado quando o chamavam de Besouro. Acabou caindo no chão, com uma espécie de desmaio, de tanta raiva. Os amigos então o carregaram, com o tal ataque e tudo, para casa.

— Você é impossível, amigo Louva-a-deus! — disse Atíria, rindo.

— Não suporto gente pernóstica... — acrescentou ele.

Mal terminara a cena, chegou Sua Alteza na carruagem dourada, acompanhado, como sempre, por Caligo e Papílio.

Os insetos puseram-se de pé e saudaram-no respeitosamente.

— Salve, amigos! — cumprimentou ele. — Fiquem todos à vontade, não gosto de cerimônias.

Vanessa, ao vê-lo, sorriu e disse:

— Chegais em momento oportuno, Príncipe. Este artista acaba de terminar o meu retrato, e gostaríamos de saber a vossa opinião.

Grilo aproximou-se, beijou a patinha da borboleta inglesa e começou a examinar o trabalho.

— É perfeito! — exclamou, encantado.

Sabendo que o Gafanhoto-pintor era pobre, prometeu custear-lhe os estudos daquele dia em diante.

— Que bonito par formam Vanessa e o Príncipe! — comentou Atíria.

— Dizem que estão muito encantados um com o outro — falou Louva-a-deus.

Caligo e Papílio aproximaram-se de Vanessa para cumprimentá-la, enquanto Grilo se afastava um pouco.

— Atíria! — exclamou este, satisfeito, ao avistar a pequenina borboleta. — Que prazer encontrá-la de novo! Tenho passado por sua casa tantas vezes e nunca a vejo.

— Obrigada, Senhor Príncipe. É que, quando não vou à floresta, fico dentro do tronco ajudando mamãe Jitirana a arrumar a casa.

Disse isso e ficou toda vermelha, abaixando os olhinhos e piscando-os sem parar.

— Mas que perfume delicado de jasmim você tem, Atíria! Onde o arranjou?

— Gosto muito do néctar da flor do jasmineiro, e estou sempre pousada numa delas.

Papílio chegou, interrompendo a conversa:

— Príncipe, a Senhorita Vanessa convida-o a tomar chá em sua companhia.

Grilo pediu licença e afastou-se.

E ninguém viu dois olhos perversos que observavam disfarçadamente todos os passos de Atíria e Vanessa...

5. Aventura

— ATÍRIA! ATÍRIA! — GRITAVA A JITIRANA, voando aflita pelo bosque.

Já era quase noite, e a borboleta não voltava para casa! Brilharam estrelas no céu... raiou o Sol... e nada! Que teria acontecido à sua filha? Ai de quem judiasse dela! Seria muita crueldade mesmo, pois a coitadinha nem podia defender-se direito...

Passou-se mais um dia sem que chegasse notícia alguma. Na manhã seguinte, triste e angustiada, Jitirana foi à redação do jornal da floresta, que era impresso numa grande folha de bananeira, e mandou pôr um anúncio assim:

"BORBOLETA PERDIDA"
Desapareceu da casa de sua mãe uma borboleta que atende pelo nome de Atíria. É pequena, amarela, com raias pretas e tem um defeito nas asas. Quem souber de seu paradeiro, poderá informar à mãe dela, que é pobre e está muito aflita. Endereço: Tronco de Jacarandá, Alameda dos Pinheiros.

Enquanto isso, num lugar distante onde o bosque era escuro e fechado, a pequena Atíria olhava assustada para todos os lados, pousada numa velha árvore. Estava exausta de tanto voar...

Não podia compreender como havia chegado até ali. Tinha ouvido falar num pé de framboesas que havia no meio do bosque e voara atrás dele, pois era louca por aquela fruta. E agora estava perdida, sem saber como voltar e sem encontrar nenhum conhecido que pudesse guiá-la.

Era castigo, com certeza. Quem a mandara ser assim tão gulosa e imprudente, saindo para longe, escondido de mamãe Jitirana, sem falar nada com ela!

Coitada, deveria estar tão aflita!...

Veio voando uma lindíssima borboleta. Era grande, e suas asas de um azul vivo brilhavam tanto que pareciam feitas de lamê.

— A formosa Morfo Menelau! — exclamou Atíria, deslumbrada.

Desde que nascera tinha ouvido falar na beleza daquela borboleta, tida como a mais linda dentre todas. Quem sabe se ela poderia indicar-lhe o caminho?

— Boa tarde, Dona Morfo Menelau — começou Atíria. — Estou perdida e não sei voltar para casa. A Senhora sabe como se faz para ir à Alameda dos Pinheiros?

— Alameda dos Pinheiros? Nunca ouvi falar nesse lugar, minha menina. Aliás, o bosque é enorme, e eu não conheço nem a metade dele. Sinto não poder ajudá-la. Moro num descampado ali à direita. Se você quiser conversar um pouco, apareça por lá. Até breve.

A Morfo Menelau fez algumas evoluções e desapareceu na floresta.

Depois de alguns minutos, Atíria ouviu um zumbido esquisito:

— zz... zz... zz...

Arregalou os olhos e viu chegar nada mais, nada menos que o feroz Touro Voador.

Tratava-se de um besouro preto enorme, com grandes chifres na testa, que metiam medo.

Ai, que feio!... E dava uns estalos de vez em quando, tal qual motor elétrico.

Touro Voador pousou na árvore em que se achava a borboleta e começou a farejar, desconfiado. Estaria pressentindo a presença dela? Com certeza...

Atíria, de coração aos pulos, escondeu-se atrás de uma folha. Touro Voador olhou para cima e, não vendo nada, continuou o seu voo zumbindo e estalando sempre, pelo bosque afora.

Fez-se grande silêncio, que foi interrompido pela gargalhada de uma coruja. Atíria ficou toda arrepiada. Não fora num lugar onde moravam corujas que a noiva do Príncipe Grilo tinha sido morta? Que medo, meu Deus... Ah! Se a Jitirana soubesse dos apuros por que sua filha estava passando! Havia já uma semana que saíra de casa!

— Só falta o Arlequim-da-mata aparecer por aqui... — disse ela em voz alta.

Mal acabara de pensar nele, eis que o terrível bandoleiro surge por detrás de uma árvore, pisando nas folhas secas, que estalavam debaixo de suas patas.

Era todo chitado de preto, branco, vermelho e devorava com ferocidade uma gorda aranha que já estava comida pela metade.

— Como é esganado e sem educação! — pensou Atíria, horrorizada.

Ai dela!... Arlequim já a tinha descoberto...

— Que sorte! — exclamou o malvado. Depois de jantar aranha, nada melhor que sobremesa de borboleta nova. Hum!... É pequenina, mas deve ser bem gostosa.

Atíria quase morreu de susto. Que fazer? Seria inútil fugir, pois sabia que só podia voar aos poucos e baixinho.

Nisso, o resto de aranha que Arlequim tinha nas patas caiu ao chão e ele abaixou-se para procurá-lo. Aproveitando-se da distração momentânea do bandoleiro, Atíria olhou para os lados, ansiosa por descobrir um meio de escapar. Que coincidência! Ali estava um arbusto desconhecido, cujas flores eram amarelas e pretas como as suas asas... A borboleta, numa súbita decisão, voou mais que depressa para a pequena árvore.

Seria impossível descobri-la assim, confundida no meio das flores...

— Você é bem esperta, hem, menina? — disse Arlequim-da-mata, que já tinha preparado o voo para alcançá-la.

Tentou procurá-la durante algum tempo, mas acabou desistindo:

— Se eu não estivesse com tanta pressa, haveria de descobri-la de qualquer jeito... Fique por aí, bobinha. Hei de encontrar petiscos melhores do que você.

E Arlequim-da-mata seguiu para diante, assobiando uma música.

— Arre! Que alívio! — exclamou Atíria.

Convinha sair daquele lugar o mais depressa possível.

A borboleta levantou voo com ideia de alcançar o descampado vizinho.

6. A nuvem negra

ATÍRIA VOAVA SEM RUMO, completamente desnorteada.

Súbito, um vento fortíssimo começou a soprar, impelindo-a na direção de um largo rio que deslizava por aqueles lados. A borboleta, num grande esforço, tentou pousar, mas não conseguiu. Suas asas eram demasiado fracas, e, além disso, a pobrezinha foi envolvida por um grande redemoinho, que a atirou violentamente para o meio da correnteza.

— Vou morrer afogada! — pensou ela, cheia de pavor e já completamente tonta.

Entretanto, ainda não tinha chegado a sua vez.

Caíra num tronco de árvore que vinha boiando rio abaixo. E se despencasse nalguma cachoeira?... No rio havia tantas!

De repente, o pedaço de madeira foi desviado pela corrente e encalhou numa porção de galhos que se amontoavam à beira do rio.

— Que bom! Um tronco inteirinho! — exclamou um menino de cabelos louros, que estava na margem.

— E dá justamente para fazer um barco! — acrescentou, todo satisfeito, um homem que acompanhava a criança.

O menino buscou uma comprida vara, puxou o tronco e o tirou para fora d'água.

Atíria, firmemente agarrada no pedaço de madeira, quis voar, mas não pôde.

O esforço que havia feito na luta contra a ventania deixara-a exausta. E, além de tudo, o medo como que a paralisava.

Estava ali, frágil e desprotegida, inteiramente à mercê daquele homem e daquela criança.

— Que borboleta engraçadinha, papai! — exclamou o menino, segurando Atíria e examinando-a. — E está toda molhada e fria, coitada!

— Deixe-a ao Sol, filho. Com o calor, ela poderá voar de novo.

O menino colocou a borboleta sobre uma espiga de milho, com todo o cuidado, e afastou-se.

Atíria desejou agradecer a ambos, mas como gente não entende *insetês*, nem *borboletano*, a coisa ficou por isso mesmo.

Reconfortada pelo calor do Sol e alegre por se ver sã e salva depois de tanto perigo, Atíria começou a voar baixinho. Observando o lugar, notou que se achava no pequeno sítio de um lavrador humilde — o seu salvador, certamente.

O milharal estendia-se a perder de vista.

De repente a borboleta escutou um ruído esquisito, como se fosse o ronco de uma cachoeira, enquanto uma grande sombra escurecia o céu claro. Que seria aquilo?

O Caso da Borboleta Atíria

O barulho, cada vez mais surdo e rouco, foi aumentando, enquanto a nuvem negra se aproximava ameaçadoramente.

Parecia um gigantesco e único inseto, que fazia tremer as folhas com o seu zumbido.

— Gafanhotos! Gafanhotos! — gritavam desesperados o homem e o menino, desatando a correr.

O lavrador, auxiliado pelos filhos e trabalhadores, buscou imediatamente algumas latas e caixas vazias, tentando fazer muita algazarra, a ver se espantava os insetos.

Em vão. A nuvem escura, que parecia não ter fim, cobriu o Sol, e veio baixando, baixando, como se a noite houvesse desabado subitamente sobre o pequeno sítio.

— Que desgraça! Estou arruinado! — exclamava angustiado o pobre agricultor, correndo de um lado para outro.

Um enorme gafanhoto de cabeça preta, que parecia ser o chefe, foi o primeiro a chegar, pousando no pé de meio onde se achava Atíria.

A borboleta, escondida atrás de uma espiga, observava tudo.

Um minuto depois, aqueles milhões e milhões de insetos já se achavam instalados no milharal, que ficou inteiramente coberto por um manto escuro e movediço.

— Ao saque! — ordenou o Gafanhoto-Chefe.

Os terríveis acrídios, entre gritos de alegria e voracidade, deram início ao banquete.

Súbito, Atíria teve uma ideia, que pôs em prática imediatamente.

— Bom dia, simpático! — disse ela, exibindo o mais gracioso de seus sorrisos e aproximando-se do gafanhoto de cabeça preta.

O inseto, que era muito namorador, ficou logo todo derretido e disse:

— Perdoe-me não a ter cumprimentado antes. Sabe que é muito bonitinha? Mas muito, muito mesmo?

— Obrigada — tornou Atíria, sempre sorrindo.

O Gafanhoto continuava a observá-la, de olhos semicerrados, mastigando folhas com esganamento.

— Reparou que patinhas bem-feitas ela tem? — sussurrou ele ao ouvido de seu ajudante.

— Senhor Gafanhoto — continuou Atíria. — Sei que não tenho nada com isso. Desejo avisá-lo de uma coisa, entretanto: Não coma esses pés de milho, nem deixe ninguém comer.

— Por que, teteia?

— Porque dá uma dor de barriga horrível na gente. Sei de um grilo que até morreu de tanta cólica.

— Que horror! — exclamou ele, apavorado. — Se é assim, vou dar ordem para acabar com a festa imediatamente.

— Ali adiante há uma plantação de ótimo trigo — disse Atíria. — Tem cada espiga tenrazinha que dá gosto comer. Vale a pena ir lá.

O gafanhoto de cabeça preta hesitou um pouco, meio desconfiado:

— Que coisa estranha! — disse ele. — Já comi tanto pé de milho em minha vida e nunca ouvi contar que desse dor de barriga.

— É que esta terra contém um minério chamado rutênio, e toda planta nascida aqui se torna indigesta para nós insetos.

O Caso da Borboleta Atíria

— Rutênio... Que nome esquisito! — disse ele, pensativamente.

Atíria, que inventara o nome naquela horinha, ficou com vontade de rir, mas continuou bem séria.

Gafanhoto não teve mais dúvidas e decidiu que seu exército levantaria voo imediatamente.

— Belezinha, se eu ficasse aqui, iria namorá-la — disse ele aproximando-se e procurando dar um beijo na borboleta.

— Atrevido! Fique sabendo que não sou brinquedo de ninguém, ouviu? — protestou ela levantando a patinha e pespegando um bom tapa na cara de Gafanhoto.

Este, mais que depressa, levantou voo, ordenando:

— Para a frente!

Então, aqueles milhões de insetos se ergueram e, sacudindo as asas, rumaram para o lugar indicado.

Muito tempo se passou até que a nuvem negra acabasse de atravessar o céu.

Uma hora depois ainda se ouvia o ruído surdo e impressionante dos insetos, que se afastavam cada vez mais.

Perplexo, o lavrador olhava para os seus pés de milho, quase intatos. Não podia compreender por que razão os gafanhotos se haviam retirado sem devorar até a última folha, como sempre faziam.

— Louvado seja Deus! — exclamou ele.

Atíria sorriu, satisfeita. Servindo-se de um estratagema, tinha conseguido impedir que os gafanhotos destruíssem a plantação de milho. Retribuía assim o precioso serviço que o lavrador lhe havia prestado, livrando-a de morte certa. Ele nunca saberia que fora ela quem lhe tinha salvado a colheita. Não fazia mal. Estava satisfeita consigo mesma... e isso é que importava.

Atíria pensou em mamãe Jitirana. Deveria estar tão triste, coitada. Que saudades do tronco de jacarandá! E o Príncipe? Cada vez mais apaixonado por Vanessa, com certeza... Teriam Papílio e Caligo descoberto o segredo da morte de Helicônia?

A borboleta ignorava onde se achava e não sabia para onde ir. Que fazer? O melhor seria ir voando, voando até que Deus lhe ouvisse as preces e lhe pusesse no caminho alguém que pudesse guiá-la.

7. O galho mágico

ATÍRIA ESTAVA TÃO DISTRAÍDA quando chegou à campina que nem viu um homem de óculos, cabelos vermelhos e rosto cheio de sardas, que vinha em sua direção, segurando uma vara com um saco de filó na ponta.

— Uma Atíria! — exclamou ele encantado, estendendo a sacola para apanhá-la.

Zás! Tudo se passou com a rapidez de um relâmpago.

— Peguei! — exclamou o homem, vitoriosamente.

E a borboleta viu-se aprisionada na rede, com o filó a machucar-lhe as asas frágeis. Sentiu que havia chegado o seu último instante.

O homem do rosto sardento depositou a sacola no chão com todo o cuidado, de modo que a presa não pudesse escapar, e abriu uma bolsa de lona que trazia a tiracolo, retirando dela uma porção de coisas.

Primeiro, saiu um vidrinho cheio de um líquido amarelado e, depois, a seringa com uma comprida agulha na ponta.

Atíria estremeceu, horrorizada! Ela bem sabia o que significava aquilo tudo. Seria embalsamada com uma injeção de formol e depois esticada numa tábua, com as asas bem abertas, o corpo pequenino metido entre dois pedaços de madeira!

O homem tirou um comprido alfinete e começou a examiná-lo, para ver se a ponta estava bem afiada.

— Serei traspassada e espetada nalguma coleção! — suspirou Atíria, tristemente.

O homem abaixou-se e segurou a sacola de filó, procurando agarrar a borboleta. Havia chegado a hora de morrer!

Nesse mesmo instante, veio zumbindo um marimbondo, que pousou na mão do entomologista. Ao percebê-lo, o homem de cabelos vermelhos largou instintivamente o saco, que caiu ao chão. Aproveitando do feliz imprevisto, Atíria saiu voando com tanta força quanto suas asas lhe permitiam e pousou na primeira árvore alta que encontrou.

Estava salva! Olhou e viu que o homem apanhava a sacola e se afastava contrariado.

Logo depois chegou um mosquito acompanhado de duas borboletas, que pousaram na mesma árvore em que estava Atíria. Uma delas era branca, pequenina, toda peluda e chamava-se Bômbix.*

A outra — a bela Catagrama** — tinha asas negras e veludosas, com enfeites em vermelho e azul vivo. Que bonita era! Os três conversavam animadamente:

....
* As atuais bômbix não voam, pois perderam essa faculdade em consequência do cativeiro a elas imposto pelos sericicultores. (Conhecida cientificamente por *Bombyx mori.*)
** Borboleta pouco comum, encontrada no Brasil. (Seu nome científico é *Catagramma lyrophila*, também chamada *Callicore hydaspes.*)

O Caso da Borboleta Atíria

— Sou tão importante — exclamou Bômbix, toda cheia de si. Não sei se vocês sabem que meu casulo produz fios com que se faz a seda... Pois é isso, meus caros... Infelizmente nem todos podem ser úteis como eu. Você, por exemplo, amigo mosquito, só serve para atrapalhar. Para que nasceu?

— Que culpa tenho? — disse ele, desapontado e pensativo. — Estou à espera de que, mais cedo ou mais tarde, algum sábio descubra qualquer utilidade em mim. Quem sabe? Talvez um dia meu corpo, transformado em pó, sirva de remédio para alguma doença...

Bômbix começou a rir, apesar de o mosquito estar falando sério.

— Não devo ter sido criado à toa... — acrescentou ele, sentindo-se incompreendido.

— Vejo que Vossa Excelência é metido a filósofo — tornou Bômbix, querendo ridicularizá-lo. — E você, amiguinha Catagrama para que serve? É inútil também, não é?

— Alegro a vista, embelezo a vida... — disse ela. — Não basta isso? Adeus. Preciso voar até um casebre, no arraial vizinho. Mora ali um menino pobre e paralítico, que me espera todos os dias e que sorri ao me ver chegar.

E a linda borboleta foi adejando pela campina afora...

Nisso, o galho seco em que Atíria estava pousada desprendeu-se da árvore e começou a voar! A borboleta deu um grito. Estaria sonhando ou teria enlouquecido? Oh! As borboletas também sonham, e às vezes sonhos tão lindos!

Não era sonho, entretanto. Havia pousado nas costas do famoso e esquisitíssimo Bicho-pau!* Tinha cerca de trinta centímetros de comprimento e era tal qual um pedaço de galho seco.

— Aonde quer ir? — perguntou ele com voz muito grossa.

— Senhor Bicho-pau — começou Atíria timidamente. — Sabe onde fica a Alameda dos Pinheiros? Leve-me lá, pois minhas asas são defeituosas e não posso voar muito.

— Que coincidência! Vou justamente para perto daquele lugar. Fique firme em minhas costas, pois vamos atravessar um grande rio para encurtar caminho.

Atíria olhou para baixo e viu uma porção de água correndo lentamente e precipitando-se logo adiante numa deslumbrante cascata.

Sentiu tontura e fechou os olhos até que passasse a sensação. Bicho-pau era uma ótima criatura! Foi conversando o tempo todo com ela.

— Parece que nosso Príncipe anda enamorado — disse ele. — Ouvi dizer que está estudando *butterflish* com a Senhorita Vanessa, e muita gente acha que isso acaba em casamento.

A borboleta sentiu um choque ao ouvir essas palavras. Que tolice entristecer-se com a notícia! Era natural que Grilo escolhesse uma noiva bonita, rica e de família importante. Quem era ela, Atíria, para pretender interessá-lo? Não passava de uma insignificante borboleta, que não tinha forças nem para voar direito.

....
* Esse inseto representa um tipo intermediário entre o gafanhoto e o legítimo bicho-pau, que é desprovido de asas. (Seu nome científico é *phasmodeo* e é ortóptero.)

— Daqui a pouco chegaremos — disse Bicho-pau com sua voz grossa.

Foram aparecendo os ipês floridos, o grande pé de jequitibá, as árvores conhecidas e, finalmente, a Alameda dos Pinheiros.

Desceram. Atíria mostrou o jacarandá onde morava.

— Mamãe! — gritou ela toda contente.

Magra e abatida, lá estava a Jitirana pousada à entrada do tronco, esperando noite e dia a volta da pequena.

— Atíria! — exclamou ela ao vê-la.

Ficaram abraçadas uma porção de tempo sem dizer nada.

— Como poderei agradecer o que fez por minha filha? — disse Jitirana a Bicho-pau.

— Já estou recompensado, minha Senhora. Basta-me a alegria de ter sido útil a essa simpática menina, se bem que eu muito pouco tenha feito. Vou retirar-me. Preciso visitar uma lagarta que está com a metamorfose encruada.

— Encruada? Mas como? — perguntou Atíria.

— Imagine você que o mês passado ela começou a virar crisálida. De repente os sintomas desapareceram, e a pobre coitada agora não é uma coisa nem outra... E está numa esquisitice de fazer dó, só vendo...

— Que complicação! Para mim é falta de vitamina... — comentou Atíria.

— Também acho.

Depois de conversarem um pouco, Bicho-pau despediu-se e voou para longe.

Quanta coisa Atíria tinha para contar! Foram dormir tarde aquela noite.

8. Mistério

DOIS DIAS DEPOIS, Atíria sugava o néctar de um jasmineiro, quando viu chegar o Príncipe acompanhado de Vanessa. Pousaram na mesma árvore em que ela se encontrava e começaram a conversar.

— Você acha que tenho feito muitos progressos no *butterflish*? — perguntou Grilo.

— Já está lendo e falando corretamente. Meus parabéns!

— Que tal se fôssemos fazer uma visita ao Gafanhoto-pintor?

— Infelizmente não posso aceitar o seu convite. Vou à costureira a fim de fazer uma encomenda.

E saíram voando.

Atíria, sem ser vista, tinha ouvido a conversa toda. Ah! ela bem sabia que encomenda era aquela!

O enxoval da noiva, com certeza... As mantilhas de teia de aranha, rendadas... O gorrinho de penas de beija-flor... Que encanto! E tudo arranjado com a elegância e o bom gosto de

O Caso da Borboleta Atíria

famosos insetos costureiros... O Príncipe iria ficar maravilhado, e haveria de dizer a Vanessa uma porção de coisas amáveis em *butterflish*, para que só eles dois entendessem!...

Atíria pensou nisso tudo e voou para casa.

À noitinha daquele mesmo dia, um grande alarido espalhou-se pelo bosque. Todo o mundo saiu da toca para saber o que era.

Os insetos trafegavam de um lado para outro pondo as patinhas na cabeça e exclamando em grande aflição. E não era para menos: Vanessa Atalanta havia sido encontrada agonizante no Antro das Bruxas Noturnas, e apenas tinha murmurado a palavra "coruja", antes de morrer. Perto dela, como que jogado ao acaso, achava-se um pequeno ramo de planta desconhecida. Seria de pereira? O Príncipe estava desolado!

— Não toquem em nada — ordenou Papílio. — Apenas Grilo, Caligo e eu poderemos examinar o local e o corpo.

— No mesmo lugar onde a Senhorita Helicônia perdeu a vida! — comentou Caligo, pensativa.

— Vejamos o galho encontrado — disse Papílio.

Caligo segurou-o, examinando-o por todos os lados.

— Mancenilha, a planta venenosa! — exclamou ela, excitada.

— O quê? — gritaram, incrédulos, Grilo e Papílio.

Realmente. Do pequeno ramo escorria um suco leitoso, de cheiro acre e cáustico, que envenenava.

— Atire isso para longe, senão daqui a pouco morreremos todos intoxicados — ordenou Grilo, começando a tossir.

Papílio jogou a planta no vale que ficava perto e comentou:

— Isso significa que a tal coruja subjugou a pobre Vanessa, obrigando-a a respirar veneno. Com certeza chegou alguém, e a criminosa, receando ser descoberta, abandonou a vítima antes de ver completamente realizado o seu intento. Fez isso um pouco tarde, infelizmente, pois Vanessa já estava nos últimos instantes. O fato de encontrarmos o ramo de mancenilha prova que a malvada fugiu às pressas, sem tempo nem para esconder essa prova de sua culpa. Quem sabe se não foi desse mesmo modo que a Senhorita Helicônia morreu?...

— Mas por que isso tudo, meu Deus?! — perguntou Grilo.

— Meus amigos, estamos envolvidos num grande mistério, às voltas com um inimigo desconhecido e poderoso. Conto com vocês dois agora mais do que nunca.

— Pode confiar em nós, meu Príncipe — disse Caligo.

— Juro-lhe que não terei sossego enquanto não esclarecer isso — prometeu Papílio.

O corpo de Vanessa foi metido num branco e perfumado lírio-do-vale e atirado ao rio.

Dos barrancos, as borboletas viram a flor desaparecer na correnteza.

Durante vários dias não se comentou outra coisa.

9. O fantasma

QUEM SERIA? Cada qual tinha opinião diferente. Por medida de precaução, as corujas do bosque foram vigiadas, e todo o mundo fugia delas.

Começou-se a falar num fantasma que aparecia nas noites de lua, no alto do morro. Vários insetos já o tinham visto.

Papílio resolveu observar a tal aparição e chamou Caligo para acompanhá-lo. A ocasião era a melhor possível, pois havia luar aquela noite. Um luar claro e belíssimo, que tornava as coisas fluidas, quase transparentes.

Começava a soprar um vento alucinado, que vergava os galhos das árvores.

— Você está vendo alguma coisa? — indagou Papílio.

— Nada ainda — respondeu Caligo.

— Às vezes penso que tudo isso não passa de imaginação! Os bichos estão sempre prontos a acreditar nessas tolices.

— É bem possível.

Pouco depois Papílio olhou para o alto do morro e exclamou, agitado:

— Ó fantasma! Faça o favor!...

Lá vinha ele, a passos lentos de sonâmbulo, estendendo os compridos braços de fumaça branca, sacudindo-os desordenadamente...

— Mete medo... — comentou Caligo.

— Que coisa estranha!... — disse Papílio.

— Acha você que ele possa ter relação com a morte de Helicônia e Vanessa?

— É cedo para saber.

A assombração, sempre a passos vagarosos, ia de um lado para outro, envolta numa espécie de nuvem transparente.

— Em se tratando de fantasmas, tudo é possível — comentou Caligo. — Dizem que atravessam paredes, troncos de árvores e aparecem e desaparecem à toa.

— Por mais incompreensível que seja aquilo que meus olhos estão vendo, continuo a não acreditar em assombrações — disse Papílio. Hei de pôr tudo a limpo.

Ouviu-se uma gargalhada horrível e agourenta.

— A coruja! — exclamaram os dois ao mesmo tempo.

O vento, mais furioso que nunca, derrubou um pequeno arbusto ao lado deles.

— Vamo-nos embora quanto antes — disse Caligo assustada. A ventania está uivando como uma alcateia de lobos esfaimados.

Nas duas semanas seguintes a assombração não voltou, apesar do luar.

Por que seria? Armando-se de coragem, Papílio resolveu voar sozinho até o alto do morro. Haveria de encontrar o tal fantasma de qualquer jeito. Preferiu ir durante o dia, antes que escurecesse.

Ao chegar lá em cima, notou que só havia uma árvore e pensou:

— Seja ele quem for, deve estar escondido num buraco desse tronco.

Bateu à entrada, e algum tempo depois surgiu um lindo inseto de corpo vermelho e asas transparentes. Que simpático era!

— Entre, meu amigo — disse ele sorrindo. — Seja bem-vindo à modesta casa de Reduvius personatus.

— Obrigado — respondeu o recém-chegado, — conversaremos aqui fora mesmo, pois receio machucar as asas metendo-me aí dentro.

— A que devo o prazer e a honra de sua visita, Senhor Papílio?

— Como sabe que me chamo Papílio?

— Quem não conhece em todo o bosque o inteligente detetive, amigo do Príncipe Grilo?

Papílio contou em poucas palavras a razão de sua visita.

— Senhor Reduvius, ajude-me a esclarecer a história do fantasma que mora neste morro. Qual sua opinião a respeito do caso?

O inseto do corpo vermelho e asas transparentes começou a rir, e depois disse:

— O amigo não é capaz de adivinhar por que é que estou rindo... É que... é que... o fantasma... sou eu... Ou melhor... "era" eu!

— Como, Senhor Reduvius? Explique-me a história toda...

— Saiba você, amigo Papílio, que foi somente há dois dias que acabei de completar a minha metamorfose. Antes disso, eu não passava de uma pobre e desprotegida ninfa, sem defesa alguma contra os pássaros e insetos que desejavam devorar-me. Não tinha asas, como agora, e mal podia movimentar-me pelas plantas. Grande foi o número de larvas, parentas minhas, que, em outros tempos, morreram nas garras de pardais gulosos. Impressionado com isso, um ilustre antepassado meu resolveu usar de um estratagema, a fim de livrar-se dos inimigos. Teve uma ideia genial e a pôs em prática: arrastou-se até a primeira grande teia de aranha que encontrou, e envolveu-se nela, adquirindo um aspecto monstruoso e assustador. Ao vê-lo, todos fugiam, pois ele parecia um fantasma do Além.

Assim ficou, até que se transformou num inseto igual a mim, com asas e tudo. Despiu o invólucro e saiu voando, alegre e livre, capaz de se defender sozinho. Desde então a ideia tem sido imitada por todos os seus descendentes e sempre com o mesmo sucesso.* Eis aí, amigo Papílio, a explicação do papel que representei.

— Que coisa engraçada, Senhor Reduvius! Mas por que só saía nas noites de lua?

....
* Esse ardil é realmente usado por esse curioso inseto.

— Bem. Isso foi esperteza minha. Eu queria passar por fantasma, e achei que impressionaria mais se fizesse assim...

— E a coruja que deu uma gargalhada na última noite de sua aparição?

— Aquilo foi coincidência. Os bosques estão cheios de corujas, como o amigo sabe... E com essa história toda deixaram-me em paz e pude metamorfosear-me facilmente... E você, amigo Papílio, como se arranjava nos tempos de larva para se proteger?

— Fui uma lagarta horrível. Imagine você que eu tinha o corpo cheinho de espinhos. Desse modo pude transformar-me em crisálida e, depois, em borboleta, com toda a calma.

— Você teve mais sorte que eu, pois a própria natureza lhe deu os meios de se defender... Aceita um golinho de néctar, meu caro Papílio?

— Pois não, com todo o prazer.

Beberam alegremente, cantaram, riram bastante e separaram-se, muito amigos um do outro.

— Pode anunciar que o fantasma se recolheu ao Além e não vai aparecer mais — disse Reduvius, rindo, à despedida.

— Obrigado, amigo. Adeus.

Papílio voltou para casa, um tanto pensativo. Mais uma pista perdida. Teria dito a verdade toda o Senhor Reduvius?

O mistério de Helicônia e Vanessa continuava na mesma.

10. Um pouco de luz

A CARRUAGEM DE GRILO PAROU à porta do velho tronco de jacarandá. O Príncipe, acompanhado de Caligo e Papílio, desceu:

— Pode-se entrar? — perguntou ele, batendo palmas com as patinhas.

— Que prazer vê-lo, Senhor Príncipe! — disse a Jitirana, pondo a cabeça de fora. — Vamos entrar. A casa é simples, mas é sua. Não repare na desarrumação.

Grilo agradeceu e estendeu-lhe uma cestinha onde se via uma bela framboesa.

— Eu soube que sua filha gosta muito dessa fruta e trouxe-lhe esta, de presente. Foi colhida por mim mesmo na floresta.

— Que delicadeza do nosso Príncipe! — comentou a Jitirana. — É pena que Atíria não esteja em casa agora. Iria ficar tão contente! Agradeço em nome dela.

— Infelizmente não posso gozar de sua companhia por mais tempo — disse o Príncipe. — Tenho um encontro marcado para agora.

— Que pena! — tornou a Jitirana. — Volte quando quiser. Aqui estamos a seu dispor.

— Obrigado. Adeus. Recomendações minhas à sua encantadora filha.

As borboletas azuis levantaram voo, e a carruagem dourada sumiu por detrás dos pinheiros.

Papílio tinha o hábito de voar sozinho todas as noites. Isso lhe fazia bem à saúde e como que lhe alertava o pensamento, aguçando-lhe o raciocínio.

Aquela vez havia chegado até mais longe um pouco e perdera o rumo. Ignorava onde se achava e não sabia se devia ir para frente ou para trás, para a direita ou para a esquerda.

A noite estava escura, não havia luar nem estrelas, nada se via a um passo de distância. Nem mesmo um solitário e único vaga-lume para iluminar o caminho aparecia por aqueles lados! O melhor seria ficar quieto, parado, até que os primeiros raios da aurora clareassem o céu, e ele pudesse saber onde estava.

Além de tudo, um vento que corria a mais de setenta quilômetros por hora tornaria o seu voo difícil e perigoso.

Papílio recostou-se numa rocha, pousando numa pedra, disposto a tirar uma soneca.

Um ruído surdo de conversa fez que ficasse alerta. Uma das vozes era fina, como que de falsete, e a outra, rouca, vaga-rosa e esquisitíssima, assim como se imagina que deveria ser voz de assombração... se assombração existisse... e se assombração falasse...

Que língua seria aquela em que conversavam? *Besourês? Borboletano? Marimbondês?* Que pena!... Falavam em *insetês*, o que muito desapontou ao Senhor Papílio, pois essa língua era comum a todos os insetos, o que dificultava ainda mais a identificação das duas misteriosas personagens. Papílio, excitadíssimo, pôs-se à escuta.

— Poderemos realizar agora o nosso plano, sem perigo de fracasso, dizia a voz de falsete.

— Sou muito seguro a respeito de minhas decisões — tornou a voz rouca e horrível. — Minha prezada... coruja. Vou concentrar-me novamente e ver o que os meus poderosíssimos filamentos nervosos pressentem.

Papílio tinha notado um tom irônico, quando a voz disse "minha prezada coruja", e sentiu o seu coração bater agitado. Ali estavam o criminoso e seu cúmplice!

Que pena não poder agarrá-los ali mesmo!

Mas como? E a escuridão? Além disso seria melhor deslindar primeiro a trama toda.

O silêncio era apenas interrompido por gargalhadas de corujas.

— Corujas, sempre corujas! — pensou Papílio. — Com certeza há muitas por aqui...

Depois de alguns minutos, a conversa recomeçou. A voz rouca e distante, como de um eco, disse num tom profético:

— Uma borboleta ligada ao Príncipe Grilo por laços afetivos atrapalhará os nossos planos.

— Ainda? Não é possível! — tornou a voz de falsete. — Helicônia e Vanessa já não existem...

— Meu instinto divinatório não me engana. A tal borboleta ainda está viva.

— Não entendo o que se está passando, então. Quer dizer que não adiantou nada matarmos as duas? Não é possível! Helicônia era noiva de Grilo, e quanto a Vanessa, todo o mundo dizia que o Príncipe estava apaixonado por ela.

— É outra que procuramos.

— Por que não acabar com o Príncipe de uma vez?

— Você se esquece, minha prezada... coruja, que precisamos dele.

— Para quê?

— Para "localizarmos" a tal borboleta, uma vez que meus filamentos nervosos pressentem que ela será muito estimada pelo Príncipe Grilo.

— Quem é ela, então? Por que não adivinha quem é?

— Meus poderes não chegam a tanto...

De repente, depois de alguns segundos de silêncio, a voz de falsete deu um grito vitorioso:

— Já sei! E eu que não havia pensado nela ainda... Que tolice minha! E haveremos de judiar bastante dela... E será fácil, pois a tola nem pode voar direito, é defeituosa...

Papílio estremeceu. Ele bem sabia a quem a voz de falsete estava se referindo.

Coitadinha de Atíria... Estava em risco de vida, daquele momento em diante.

— Os bosques serão nossos! — exclamou a voz rouca e vagarosa. — Você, minha prezada coruja, será a rainha das florestas. Eliminaremos todos os insetos fracos, doentes e feios. Eu, com a minha inteligência fora do comum e meus poderes quase sobrenaturais, dominarei e escravizarei todos!

— Que horror! — pensou Papílio. — Não é só Atíria quem está em perigo. Todo o reino dos insetos se acha ameaçado por essa criatura poderosa, misteriosa e perversa!

— Bem, amiga coruja, continuou a voz rouca, a aurora já vem vindo, e meu sistema nervoso não suporta luz. Sabe que sou nascido e criado nas trevas; só me sinto bem no meio delas. Você tem a certeza de que ninguém nos ouviu? Meu instinto está anunciando a presença de alguém nas proximidades. Será bom verificar isso.

— Mas como poderei ver no meio das trevas? — tornou a voz de falsete.

— Corujas foram feitas para enxergar na escuridão... — concluiu a outra voz, com uma risada medonha e irônica.

— Asas para que vos quero! — exclamou Papílio, levantando voo mais que depressa.

Era difícil orientar-se assim no escuro, e ele esbarrou em uma porção de árvores. Não fazia mal. Precisava afastar-se daquele lugar perigoso o mais rapidamente possível.

Voou, voou, até que, exausto, pousou num galho e adormeceu. Quando acordou, já era dia.

Estava decidido a não contar a ninguém — no momento, pelo menos — a conversa que havia escutado na véspera. Nem mesmo ao Príncipe Grilo. Uma coisa estava bem clara: grande e terrível ameaça pairava sobre o reino dos insetos.

O Caso da Borboleta Atíria

O pior de tudo é que teriam de medir forças com um inimigo ainda ignorado e dotado de poderes quase sobrenaturais.

E o cúmplice dele? Estranha coruja aquela... Por que fizera Helicônia e Vanessa morrerem intoxicadas pelo ramo de mancenilha? Não seria muito mais simples tirar-lhes a vida com uma simples bicada?

Papílio voltou para casa com a sensação de que coisas gravíssimas estavam sendo tramadas em segredo.

Que plano seria aquele de que falavam com tanto entusiasmo? Parecia estar tudo tão bem preparadinho...

11. O parque de diversões

A MISTERIOSA MORTE DE VANESSA ATALANTA continuava a ser o assunto habitual das conversas.

Os insetos andavam tão preocupados que quase não zumbiam mais. Todo o mundo ficava calado, pensando... pensando...

O Príncipe resolveu então mandar instalar um parque de diversões na clareira da floresta, a fim de distrair o seu povo. Mas que parque!... O melhor e mais completo jamais visto por aqueles lados!

Trinta escaravelhos-carpinteiros da Escócia vieram de longe, e se puseram a construir os pavilhões, a roda-gigante, o carrossel, o tira-prosa e outros brinquedos.

No domingo estava tudo pronto, e não houve inseto que não comparecesse à inauguração.

Borboletas, besouros, formigas, cupins, gafanhotos, abelhas andavam e voavam de um lado para outro, observando e examinando tudo.

Num dos pavilhões, lia-se na porta, em letras enormes:

PROFESSOR TUCO-TUCO
FAMOSO MÁGICO
A LIBÉLULA SERRADA AO MEIO!
GRANDE ESPETÁCULO

Em poucos minutos, não havia uma só cadeira vazia na sala.

Alguns segundos mais, e a cortina, tecida com fios do bicho-da-seda, abriu-se.

O Professor Tuco-Tuco era um bonito escaravelho vermelho, com o corpo todo pintado de luas verdes.

Depois de saudar o público com uma profunda reverência, disse:

— Respeitável público. Tenho a honra de apresentar-vos o meu famoso trabalho "A Libélula Serrada ao Meio".

Em seguida bateu palmas, e surgiu a sua ajudante, a linda Senhorita Libélula, toda sorridente.

O mágico buscou uma caixinha, abriu-a e mostrou-a à assistência.

— Como estão vendo — disse ele —, não há truque de espécie alguma. Trata-se de uma caixinha comum, igual a todas as outras.

Depois de convidar a Senhorita Libélula a entrar na caixa, fechou-a muito bem fechada e deu início à parte mais empolgante do espetáculo.

Munindo-se de agudo serrote, começou a serrar a caixinha pela metade.

Como que hipnotizada, a assistência acompanhava os gestos do mágico.

Uma barata muito nervosa soltou um zumbido esquisito e desmaiou.

Um murmúrio de espanto se fez ouvir quando os dois pedacinhos se separaram.

— Respeitável público — disse o Professor Tuco-Tuco. — Eu, com meus poderes sobrenaturais, vou restituir a vida à formosa Senhorita que acabais de ver partida pelo meio.

Pronunciou uma palavra cabalística, e Libélula surgiu voando do outro lado da sala.

A assistência delirou e começou a bater palmas de entusiasmo, gritando:

— Viva o grande Professor Tuco-Tuco!

— Viva a Senhorita Libélula!

Enquanto isso, os outros insetos se divertiam lá fora.

Havia uma porção de gente perto do tira-prosa.

Duas casquinhas de nozes haviam sido fixadas nas extremidades de uma vara, que fazia reviravoltas incríveis no ar.

— Eu é que não entro nisso — dizia uma abelha. — A gente quase morre de tontura e enjoo.

Um cupim, que estava perto, meteu-se logo na conversa e começou a contar bravatas:

— Qual tontura, qual nada! Isso é coisa de inseto do sexo feminino. Quanto a mim, tomo parte em tudo e divirto-me a valer.

— Por que não anda no tira-prosa, então? — disse a abelha.

O cupim entrou na casquinha de noz, ficando fechado lá dentro.

O aparelho começou a funcionar, subindo, descendo, virando e revirando...

Quando parou, nada de o bichinho sair para fora.

Vendo que ele não vinha mesmo, foram verificar o que havia acontecido e deram com o cupim desmaiado, verde que nem folha...

— Não é que o aparelho tirou mesmo a prosa dele? — comentou a abelha, afastando-se.

Num dos pavilhões uma porção de lagartas gordas, unidas em círculo, ondulavam os seus corpos, que subiam e desciam, qual montanha-russa.

As joaninhas verdes e vermelhas, que se achavam encarapitadas em cima das lagartas, davam tantos gritinhos e risadinhas de alegria que todo o mundo ficava com inveja delas.

— Como se divertem essas meninas! — diziam.

Logo adiante, havia um aparelho de medir força anunciado por um cartaz:

V. S.ª É FORTE MESMO?
Então venha provar isso no HÉRCULES!

O HÉRCULES compunha-se de um anel preso no alto de um galho, pelo qual passava uma corda. Numa das extremidades fora amarrada uma pedra, enquanto a outra ponta ficava livre. O inseto que, puxando a corda, conseguisse levantar a pedra mais alto, ganhava um prêmio.

Um grupo de besouros e gafanhotos acompanhava os esforços do Louva-a-deus, que, apesar de magro, tinha fama de possuir muita força.

A torcida ia forte, quando veio se aproximando o Senhor Escaravelho.

Vinha de monóculo, pernóstico e perfumado como sempre.

Como era muito intrometido, foi logo dizendo:

— Bom dia, rapazes. Divertindo-se muito, hem? Pena é que tenham escolhido uma distração tão vulgar... Só mesmo para quem não sabe encontrar deleite nas cogitações do espírito...

— Mas deixe estar que o Louva-a-deus tem muque... Tem, ou não tem? — interrompeu um gafanhoto, entusiasmado.

— Muque? Diga força; é mais elegante. Saibam vocês que a musculatura desse mantídeo* é um mero farrapo de pano diante da minha. Aliás, esse aparelho que vocês chamam de Hércules não passa de um dinamômetro ultraprimário.

— Ai, que sujeito implicante! — suspirou o Louva-a--deus. — Ainda hei de acabar com essa pose hoje mesmo...

O Senhor Escaravelho, disposto a exibir a musculatura, retirou o monóculo, colocou-o sobre uma pedra e esticou as patas, numa ginástica preparatória. Depois pigarreou... respirou fundo... contou um..., dois..., três... e avançou energicamente

....
* Nome científico da família do louva-a-deus.

para a corda, crente de que iria deixar o povo embasbacado. Tomando impulso, deu violentíssimo puxão na corda... indo cair espalhafatosamente sentado sobre uma moita de cacto!...

A bicharada pôs-se a rir sem parar.

Aquilo fora maldade do Louva-a-deus, que tinha desatado disfarçadamente o nó da corda.

— Ignominioso mantídeo! — bradou Escaravelho, percebendo a travessura do Louva-a-deus.

E afastou-se indignado, resmungando baixinho.

— Olhe o néctar! Quem quer néctar?... — anunciava um vaga-lume, vendedor ambulante, oferecendo vidrinhos com o delicioso suco.

A roda-gigante subia e descia, repleta de insetos.

As formiguinhas menores só andavam no carrossel, montadas em cavalinhos de madeira.

Riam, riam a mais não poder.

A menor de todas, coitadinha, é que teve um pouco de medo, e chorava todas as vezes que o aparelho girava depressa demais e ela não via a sua mamãe a esperá-la do lado de fora.

Papílio e Caligo conversavam num grupo, juntamente com Atíria e o Senhor Escaravelho.

— Ao trem-fantasma! — comandou Papílio. — Todos ao trem-fantasma!

O Senhor Escaravelho hesitou, pois sofria dos nervos e por qualquer coisa tinha falta de ar.

Decidiu-se, afinal, e assentou-se num dos vagões feitos de caixinhas de fósforo vazias.

O trem, puxado por um grande besouro, circulava dentro de uma pequena gruta, cheia de túneis e de passagens secretas.

Papílio, Atíria, Caligo e Escaravelho acomodaram-se em seus lugares, cada qual mais curioso para ver as surpresas do trem.

Ouviu-se o sinal de partida, e os vagões começaram a andar, a toda velocidade.

Logo na primeira curva, surgiu uma visão realmente aterradora: iluminadas pela luz azulada de dois vaga-lumes, cinco caveiras exibiam os seus rostos lívidos e descarnados.

Escaravelho disparou a zumbir grosso de tanto medo e começou a queixar-se de falta de ar.

— Não se assuste, Senhor Escaravelho — disse Papílio. — Isso que vimos não é nada mais que um grupo de mariposas* em cujo corpo a natureza desenhou a figura de uma caveira.

O trem, sempre continuando a sua marcha veloz, atirou-se a uma parede de compridas agulhas, como se cada uma delas estivesse aguardando os ocupantes do trem para lhes atravessar o corpo.

Dessa vez todos gritaram.

Os vagões desviaram-se engenhosamente, prosseguindo em sua marcha.

Atíria começou a sentir-se mal. A escuridão dava medo, e a luz pálida e fraca dos vaga-lumes era tremendamente sugestiva. Não era só. As antenas da borboleta, extremamente

....
* Esse curioso inseto, da ordem dos lepidópteros, tem o nome cientifico de *Acherontia atropos*.

sensíveis, anunciavam qualquer coisa de estranho. Atíria, sem mesmo saber por que, começou a pensar na morte de Helicônia e de Vanessa...

O trem, todo desengonçado, jogou-se violentamente num nicho onde havia um enorme sapo de boca escancarada e... passou adiante.

Súbito, como que hipnotizada, Atíria olhou para uma das paredes do túnel, onde um único vaga-lume estava pousado. Sua luz esverdeada iluminava frouxamente uns olhos redondos e fixos, dos quais emanava uma força como que magnética. Olhos maus... Olhos de coruja...

Atíria soltou um grito, e perdeu os sentidos.

Pouco depois, o trem parou definitivamente.

— Arre, que alívio!... suspiraram todos.

Com o ar fresco e a claridade, Atíria voltou a si. Tinha sido apenas um pequeno desmaio.

Certa de que tudo aquilo não passava de uma fantasia de sua imaginação, a borboleta ficou envergonhada e não contou nada a ninguém.

— Como você ficou pálida, Atíria! — comentou Caligo, vendo-a à luz do dia.

— Está sentindo alguma coisa? — perguntou Papílio.

— Não. Obrigada.

Finalmente, para tirar a impressão um tanto enervante do trem-fantasma, o grupo foi para o *Water-shoot*.

Uma comprida folha de pita havia sido colocada em declive, de modo a terminar num pequenino lago.

As borboletas fechavam as asas e vinham deslizando pelo escorregador abaixo até caírem dentro d'água. Todo o mundo ria e dava gritos de prazer. Uma diversão e tanto...

Atíria, entretanto, não quis participar da brincadeira. Despediu-se dos amigos e voltou para casa, disposta a tomar um chazinho de maracujá para acalmar os nervos.

Até à noitinha a bicharada se distraiu no parque de diversões.

Durante todo esse tempo, Papílio era o único que não se divertia realmente. Sua fisionomia risonha escondia graves preocupações.

12. Papílio na colmeia

AO CHEGAR EM CASA, Papílio encontrou um bilhete que lhe era endereçado: "Venha urgente à Grande Colmeia, no Bosque de Eucaliptos. — Abelha-Rainha".

O detetive pôs-se a pensar. Que teria acontecido para que o chamassem assim com tanta pressa? Não ficava aquela colmeia bem pertinho do Antro das Bruxas Noturnas, onde também moravam corujas? Corujas! Sempre corujas! Quem sabe lá se não encontraria agora uma boa pista?

No dia seguinte bem cedo, o detetive voou para o Bosque de Eucaliptos.

A Grande Colmeia fora construída no oco do mais velho ipê daquela floresta. A cavidade era tão grande que fazia lembrar uma gruta.

— Quem vem lá? — indagaram as abelhas-guardas, que vigiavam a entrada.

— Papílio capys — respondeu o recém-chegado.

— Bem-vindo seja, Senhor Detetive. Nossa Rainha saiu cedo esta manhã e recomendou-nos que o recebêssemos com todas as honras, enquanto ela não chegasse.*

— Gratíssimo — tornou ele, polidamente. — Gostaria de saber desde já em que posso ser útil à Excelentíssima Senhora Dona Abelha-Mestra.

— Melhor será aguardar a volta de nossa Rainha. Somente ela poderá contar as coisas estranhas que se estão passando numa das seções desta colmeia. Enquanto isso, convido-o a percorrer a casa em minha companhia. Vamos. Desejo mostrar-lhe a nossa organização que, modéstia à parte, é considerada perfeita.

O detetive aceitou o convite, todo contente. Antes de entrar, porém, sua atenção foi atraída por uma grossa cortina escura dependurada num oco da velha árvore.

— Que é aquilo? — indagou ele, apontando para lá.

A guia esclareceu:

— O amigo chegou aqui justamente no momento em que está sendo fundada uma nova colmeia ao lado da nossa. Aquela cortina escura nada mais é que um enxame de abelhas, amontoadas umas sobre as outras. Estão assim há já vinte e quatro horas, completamente imóveis, aguardando o momento em que começarão a "suar" a substância chamada cera que será utilizada como matéria-prima na construção dos alvéolos ou celas da colmeia. Dentro de poucos minutos

....
* Na realidade a rainha nunca sai da colmeia a não ser no momento de fundar uma nova colônia.

O Caso da Borboleta Atíria

terá início a construção do favo. É um espetáculo que vale a pena ser visto. Esperemos.

— Que interessante! — exclamou Papílio.

— Como o Senhor Detetive sabe, vivemos do néctar e do pólen que sugamos das flores. Uma parte dessa substância é absorvida como alimento; o resto é transformado em mel, numa espécie de bolsa que todas nós temos logo acima do estômago. Esse mel, depois de regurgitado, é depositado e armazenado nos favos para servir de alimento às larvas recém-nascidas.

Nesse instante Papílio notou que uma espécie de pasta estava começando a escorrer por entre os anéis do corpo imóvel das abelhas dependuradas no tronco.

— Que significa isso? — perguntou ele.

— Chegou o momento que aguardávamos. Preste atenção — disse a guia.

Ouviu-se um zumbido de aviso, e pouco depois chegaram as abelhas-construtoras, fazendo grande algazarra.

Papílio viu então que, um a um, esses insetos recolhiam a cera que aquelas abelhas tinham espalhada pelo corpo, e começavam a umedecê-la e amassá-la com as mandíbulas, até que ficasse como grude. Em seguida, cada qual, por sua vez, colou a massa no teto do oco da árvore, formando um pequeno monte. Estava lançado o alicerce do futuro palácio das abelhas! Cheio de interesse, Papílio observou que o tal alicerce, em vez de ir de baixo para cima, como nas casas, vinha de cima para baixo.

O arquiteto-chefe aproximou-se do monte de cera mole, apalpando aqui e ali com as antenas, para verificar se o material estava perfeito, e deu ordem para que fosse começada a construção do favo. Então as abelhas voaram para a grossa lâmina de cera que já descia do teto, e deram início à obra. Movimentando as patinhas com incrível rapidez, estendiam, alisavam e moldavam a massa, que tomava a forma de pequeninas celas, à feição de um prisma oco de seis faces.

— É espantoso! — exclamou Papílio, maravilhado.

— Repare na igualdade e na perfeição com que os alvéolos ou celas são construídos, comentou a guia. Ninguém desperdiça nada, aproveitamos tudo. E não há sequer um miligrama de peso a mais do que aquele que o edifício pode suportar.

O arquiteto-chefe, que estava ao lado, sorriu satisfeito e disse:

— Nossos construtores são hábeis, realmente. Daqui a vinte e quatro horas o favo estará pronto. Amanhã mesmo vamos enchê-lo de mel.

— Deixemos os arquitetos trabalhando e entremos na colmeia — disse a guia. — Temos tempo, pois a Rainha ainda não chegou.

— Essa colmeia é a maior do bosque, não é? — disse Papílio, estendendo os olhos pelos favos que os cercavam por todos os lados.

Entre estes havia um espaço de dois centímetros, por onde circulavam muitas abelhas.

— Como vê, possuímos várias ruas em nossa cidade — explicou a guia. — Ali, à direita, fica a despensa, onde armaze-

O Caso da Borboleta Atíria 67

namos néctar, pólen e mel. Aqui, à esquerda, temos o berçário. Vamos vê-lo.

Aproximaram-se de um favo descomunal. Papílio reparava em tudo, enquanto a abelhinha ia dizendo:

— Dentro de cada um desses alvéolos, ou celas, nossa bem-amada Rainha depositou há cinco dias um ovinho que já se metamorfoseou em larva.

— Quantos ovos Sua Majestade costuma pôr de cada vez?

— Cerca de três mil por dia, um em cada cela.

— E quantas celas vocês têm?

— Só neste favo, sessenta mil.

Papílio viu algumas abelhas debruçadas sobre uns alvéolos maiores do que os outros, e que ficavam na extremidade do berçário.

— Que fazem elas? — indagou ele.

— São as amas que alimentam as larvas das futuras princesas.

— Futuras princesas? Não compreendo. Como é que vocês podem adivinhar qual das larvas vai ser isso ou aquilo?

— As larvas são todas iguais ao nascerem — esclareceu a guia. — Nossa querida Soberana é quem escolhe e determina o destino que terão mais tarde, transformando-as em zangãos, princesas ou trabalhadoras.

— Transformando-as como?

— Pela alimentação e pelo alojamento em favos de diferentes tamanhos.

— Alimentação?

— Como o amigo sabe, o ovo é depositado na cela vazia. Cedo começamos a preparar a futura rainha, dando-lhe um alimento especial de pólen misturado com néctar concentrado. A larva desenvolve-se então mais do que as outras, convertendo-se, após a metamorfose, numa bela e forte abelha, apta a arcar com as responsabilidades de chefe da colmeia e mãe da família. Quanto às que se destinam a obreiras, reduzimos-lhes a quantidade e qualidade da comida desde o período de larva, o que lhes dá menor vitalidade.

— E que acontece depois?

— Quando notamos que todas as larvas já estão suficientemente desenvolvidas, cobrimos os berços com cera e deixamo-las encerradas lá dentro, enquanto a natureza efetua o seu misterioso trabalho. A larva fia um pequeno casulo de seda, de onde sai alguns dias depois, já com patinhas e asas, transformada em inseto completo. Com suas mandíbulas, então, a pequenina abelha rói a cera que lhe cobre o berço e vem para fora.

— Maravilhoso! — exclamou Papílio, entusiasmado.

— Ainda não lhe falei sobre os zangãos — disse a guia.

— Para que servem eles?

— São os maridos das futuras rainhas.

— As obreiras ou trabalhadoras, que fazem?

— Todo o serviço de casa. Limpam, cuidam da ventilação, alimentam as recém-nascidas, trazem mel etc.

Papílio escutou um zumbido muito suave e perguntou o que era.

— São as amas que estão cantando para ninar as pequeninas larvas — disse a guia.

— Já deve estar quase na hora de a Rainha voltar — comentou Papílio. — Valeu a pena conhecer a colmeia, especialmente havendo uma abelha tão gentil a explicar tudo. Aprendi tanta coisa... Estou gratíssimo por sua bondade.

— Eis a nossa bem-amada Soberana que vem chegando — exclamou, cheia de contentamento, a abelha-guia.

Com um séquito de damas de honor, a Rainha entrou triunfalmente na colmeia.

Era linda! Um raio de Sol atravessava-lhe as asas molhadas de orvalho, dando-lhes um maravilhoso reflexo de todas as cores.

— Bem-vindo seja o ilustre Papílio à Grande Colmeia! — saudou ela, num zumbido de timbre extremamente agradável.

— Majestade — disse o detetive, curvando-se em sinal de respeito. — Estou encantado por servir-vos.

— Obrigada, meu amigo.

Papílio notou que as damas de honor que escoltavam a Rainha faziam círculo em redor desta, nunca lhe dando as costas. Quando alguma delas se afastava, andava para trás.

— A que devo a honra de vosso chamado, Majestade? — indagou Papílio.

— Breve saberá — tornou a Soberana, conduzindo Papílio à Colmeia Real, onde lhe foi oferecido um delicioso refresco de pólen e néctar.

Em poucos minutos, então, o detetive ficou sabendo que noventa e duas larvas haviam aparecido estranguladas em seus bercinhos. Tudo fazia prever um crime, e o fato estava envolvido em grande mistério.

— Entram estranhos nesse estabelecimento? — perguntou o detetive.

— Temos guardas que vigiam as portas da colmeia noite e dia. Só recebemos convidados, ou então estrangeiros portadores de salvo-conduto.

— Na opinião de Vossa Majestade, qual teria sido o móvel do larvicídio?

— Ignoro — tornou a Rainha. — Fiquei muito impressionada com a morte da Senhorita Vanessa, e receio muito que o estrangulamento de minhas filhas tenha relação com isso. Lembre-se de que o Antro das Bruxas Noturnas fica mesmo aqui ao lado...

— Não creio que haja ligação entre um fato e outro, Majestade. Em todo caso, investiguemos. Havia mel na cama das larvas?

— Nenhum. Os alvéolos foram encontrados inteiramente vazios.

— Isso me faz pensar... — acrescentou Papílio, vagamente. — Gostaria de examinar umas tantas coisas...

— Percorramos a colmeia — convidou a Rainha.

Chegaram a uma seção de favos onde viram um grupo de abelhas agitando vigorosamente as asas como se fossem leques.

O Caso da Borboleta Atíria

O detetive olhou, espantado.

— Que é isso?

— Essas obreiras são encarregadas da ventilação e provocam uma corrente de ar bastante forte com os movimentos que fazem. O amigo não imagina a importância da refrigeração numa colmeia. No verão, com o calor excessivo, os muros de cera da nossa cidade ficam moles e entortam. E é para evitar esse desastre que nossas obreiras se entregam a tão penoso trabalho.

— E não sentem dor na asa? Isso deve cansar tanto...

— As abelhas revezam-se por turnos, de modo que, enquanto umas estão abanando, as outras ficam descansando, e vice-versa.

Papílio observava os menores detalhes de tudo o que via. Com um pauzinho cutucava o chão, as paredes, os cantinhos todos. Súbito, encontrou um caramujo feio, jogado a um canto. Sua concha estava tapada com cera, o que muito intrigou o detetive.

— Que significa isso?

A Rainha explicou:

— Esse caracol atreveu-se a entrar escondido na colmeia, para fazer maldades. Foi descoberto e, para castigá-lo, resolvemos emparedá-lo vivo, dentro de sua própria concha, fechando a abertura com cera. Já deve estar morto há muito.*

Nesse momento uma abelha-ama, toda cheia de curvaturas, veio falar com a Soberana.

....
* É comum encontrarem-se nas colmeias caramujos nessas condições.

— Majestade — disse ela. — Duas larvas nascidas antes de ontem estão chorando com dor de barriga.

— Deve ser indigestão de mel — tornou a Rainha. — Vou eu mesma ao berçário.

E depois, virando-se para o detetive:

— Com licença. O Senhor compreende, não é? Como mãe, eu mesma gosto de cuidar das minhas filhas. Fique à vontade. Está em sua casa, meu amigo. Breve estarei de volta.

— E saiu com o séquito de damas de honor.

Papílio ficou sozinho e voou entre os favos, sempre prestando atenção a tudo.

Não descobriu nada, nenhum indício que esclarecesse um pouco o mistério.

Como ainda tinha muito que fazer naquela tarde, resolveu continuar as investigações na manhã seguinte e retirou-se, pedindo a uma das abelhas-guardas que transmitisse as suas homenagens e as suas desculpas à Rainha.

No outro dia, bem cedo, o detetive rumou para a Grande Colmeia.

A Soberana das abelhas, como de costume, tinha saído para seu passeio matinal.

— Entre, a casa é sua — disse a abelha-guarda, ao recebê-lo.

Papílio ficou só, voando entre os favos.

Algum tempo depois, já um tanto fatigado, pousou num canto, atrás do caramujo que vira na véspera.

Súbito, ouviu vozes e prestou atenção. Ó surpresa! Falava-se, em plena cidade das abelhas, nada mais, nada menos que *borboletano* puro...

— Sabe que está ficando muito barrigudinho? Se você continuar assim guloso, daqui a pouco não pode mais fingir que é abelha — dizia uma voz feminina.

— Que me importa — acrescentou a outra voz, que era de timbre masculino. — Não me incomodo de engordar até arrebentar, contanto que viva nadando em mel... Isso é que é vida! Mel, pólen, néctar à disposição, e depois dormir... dormir...

— E sem trabalho nenhum...

Olhando para o lugar de onde partiam os sons, Papílio, sem ser visto, descobriu duas grandes abelhas que vinham conversando. Seriam abelhas mesmo? Céus! Não era possível! Eram borboletas! O detetive sempre tinha ouvido falar de lepidópteros semelhantes aos insetos das colmeias, na forma e no colorido, mas nunca tinha tido ocasião de observá-los pessoalmente.[*] Num instante compreendeu tudo. As borboletas, aproveitando-se de sua semelhança com as abelhas, entravam na colmeia, matavam as larvas e roubavam o mel dos alvéolos.

Numa rápida decisão, Papílio resolveu abordá-las:

— Patinhas ao alto! — bradou ele em *borboletano*.

Sentindo-se desmascaradas, as falsas abelhas começaram a tremer de susto.

....
[*] As *Drigyias*, as *Psychis*, e outras.

— Estão presas por crime de larvicídio e roubo! — gritou ele, energicamente.

As borboletas quiseram fugir voando, mas foram de encontro à Rainha, que vinha voltando, acompanhada de sua corte.

— Prendam-nas! — exclamava Papílio.

A confusão foi grande, mas as guardas da porta, que haviam escutado o barulho, voaram depressa, trazendo uma rede feita de teia de aranha, na qual aprisionaram as falsas abelhas.

— Eis as assassinas de vossas filhas — disse Papílio, apresentando as borboletas à Sua Majestade.

— Infames! — bradou esta, indignada. — Por que fizeram isso? Por que mataram as filhas que eu estava criando com tanto amor?

— Para roubar o mel destinado a elas — disse uma das borboletas.

— O bosque está cheio de flores. Será que vocês não sabem sugar néctar?

— É que dá muito trabalho... — disse a outra, cinicamente.

— Minhas pobres filhas! — gemeu a Rainha, desatando a chorar.

— Como é que vocês conseguiram entrar aqui? — perguntou Papílio, dirigindo-se às borboletas.

— Chegávamos à noite, quando havia pouca luz. As guardas pensavam que éramos abelhas e passávamos sem dificuldade. Além disso, sabemos zumbir tal qual elas.

O Caso da Borboleta Atíria

— Malvadas! Morte a elas! — gritaram todas.

— Amarrem-nas em qualquer lugar, ordenou a Rainha. Meu caro marido, o Senhor Zangão, saberá vingar a morte de nossas filhas. E agora, amigo Papílio, vamos conversar um pouco na varanda. Estou tão nervosa!... Imagine que ainda tenho de pôr hoje dois mil e quinhentos ovos... Conte-me alguma coisa interessante.

— Infelizmente não posso ficar mais tempo na colmeia, Senhora Rainha, pois ainda vou trabalhar muito esta tarde.

— Não sei dizer o quanto lhe devo, caro Papílio. Sem o seu auxílio, aquelas perversas iriam dar cabo de todas as minhas filhas...

— Vossa Majestade exagera... — tornou Papílio, modestamente. — Foi um prazer ser útil à Soberana das abelhas.

A Rainha mandou buscar um grande favo, oferecendo-o ao detetive.

— Leve esse pequeno presente. O mel que está aí dentro foi feito com néctar dos mais perfumados e belos lírios do campo.

— Estou gratíssimo por tanta bondade, Majestade! Se possível, entretanto, preferiria que mandasse trocar o favo por outro menor. Receio muito que o mel se estrague com esse calor tão forte que temos tido.

— Não há perigo, Senhor Papílio. Todas nós possuímos, junto ao ferrão, uma pequena bolsa, donde é segregado um ácido que impede a fermentação do mel. Depositamos uma gotinha desse ácido em cada uma das celas e, com essa precaução, nosso alimento se conserva perfeito por tempo indeterminado. Pode ficar certo de que vai aproveitar o seu mel até o fim.*

— Majestade — exclamou o detetive, cheio de entusiasmo. — Não me farto de admirar o quanto é perfeita a vossa organização! Estou simplesmente deslumbrado! Meus cumprimentos.

— Amigo Papílio — tornou a Rainha. — Não veja nisso nada mais do que uma pequena manifestação da grandeza d'Aquele que criou todas as coisas. Quanto a nós, apenas seguimos o instinto que a natureza nos deu.

Despediram-se, e o detetive afastou-se da colmeia, voando para o bosque. E, sem saber por que, lembrou-se daquela voz rouca e horrível que tinha ouvido em certa noite sem lua...

---

* Era essa a teoria antiga. Os entomologistas de hoje estão inclinados a crer que essa secreção protetora contra a fermentação se opera na tal bolsa que as abelhas possuem perto do estômago.

13. O concerto

DONA CIGARRA,* A FAMOSA SOPRANO-LIGEIRO DO BOSQUE, ia dar um concerto aquela tarde.

Aliás, ela era muito antipática e convencida, pois achava que só a sua voz é que prestava, e vivia falando mal das outras colegas. Dizia assim:

— Fulana de tal, aquele contralto? É uma idiota... Desafina no si bemol que é um horror!

O importante para ela era dar o "dó de peito". Se o inseto dava o "dó de peito", era uma grande figura, mesmo que fosse cretino ou ladrão. Se não desse o "dó de peito", ela dizia que era um tolo, mesmo que se tratasse de grande sábio.

Naquele dia do concerto, ela pretendia ficar em silêncio até a hora da função, para não "gastar" a voz. Quando alguém lhe perguntava alguma coisa, ela respondia sim ou não, apenas com um gesto de cabeça. De vez em quando fazia gargarejos

---
* Somente os machos das cigarras cantam. Que o leitor perdoe essa inexatidão.

com uma aguinha misteriosa, produzindo um ruído muito engraçado de glu... glu... glu...

Pois não é que o Louva-a-deus, que sabia das manias da cantora, resolveu ir incomodá-la...

— Hei de fazer a soprano gastar a voz antes da hora!... — prometeu ele a si mesmo.

E assim fez. Voou até a gruta onde Cigarra morava e encontrou-a de boca aberta, fazendo umas fumigações para que a voz ficasse mais limpa.

— Dona Cigarra — começou ele —, já sei dar o "dó de peito"... E o "mi de peito" também...

Ela não respondeu.

— A voz da Senhora é igualzinha à de uma taquara rachada...

A cantora não disse palavra, mas fez uma careta medonha para ele.

— Por que é que a Senhora não estuda piano?

A Cigarra apanhou uma pedrinha e atirou-a no Louva-a-deus.

— A Senhora berra tanto quando canta, que parece estar sentindo uma dor horrível.

Não suportando mais tantos desaforos, a cantora, louca de raiva, gritou alto e fininho, em fá sustenido:

— Sacripanta!

E foi para dentro, batendo a porta com toda a força na cara do Louva-a-deus.

— Bem, disse ele para si mesmo. Madama anda nervosinha. Retiro-me...

O Caso da Borboleta Atíria

O teatro, armado ao ar livre, estava repleto!

Havia setenta filas de arquibancadas feitas com taquaras fininhas, que rodeavam o palco, de modo que a cantora iria ser vista e ouvida igualmente por todos.

De monóculo e tresandando a perfumes exóticos, lá estava Besouro, ou melhor, o Senhor Escaravelho, grande conhecedor da arte do "bel-canto". Ao lado dele pousara Bicho-pau, que também gostava de música. Logo acima instalaram-se Grilo, Caligo e Papílio.

Cansado de tantas preocupações, o detetive tinha resolvido ir ao concerto, na esperança de dar algum repouso a seu atribulado espírito. Mal sabia ele que iria ter ali mesmo uma grande revelação, e sem que ninguém percebesse...

Borboletas brancas, amarelas, azuis, pretas e vermelhas enchiam a plateia, enfeitando-a com seu colorido alegre e vistoso.

Na última fila estavam Atíria e o Louva-a-deus.

Às cinco da tarde em ponto, hora marcada para o início do concerto, chegou a cantora. Os insetos abriram alas, e ela passou no meio deles, toda convencida, cumprimentando-os com um gesto de cabeça apenas. O programa anunciava a dificílima "Sinfonia dos Ares", toda cantada em *sabiano*. *Sabiano*... imaginem! Somente pássaros ousavam estudá-la, e Cigarra era a primeira representante do reino dos insetos que se atrevia a tanto...

A cantora, muito séria, pôs as patinhas no peito e deu início à música. Abria os olhos, arregalava-os, revirava-os e depois tornava a fechá-los, sempre arfando muito, como se estivesse com uma horrível falta de ar.

Em frente dela estavam dez pequenas joaninhas vermelhas e verdes, achando uma graça enorme no concerto. Davam umas risadas fininhas e punham a patinha na boca para disfarçar.

— Que é isso, minhas filhas! Que falta de educação é essa! Onde é que já se viu meninas da idade de vocês ficarem assim, rindo de uma coisa tão séria — repreendeu a mamãe, dando um beliscão em cada uma.

A Cigarra cantava sempre.

De repente fez uma cara zangada e começou a berrar. Céus! Parecia que estava insultando o público em compasso ternário!*

Todos levantaram-se, assustados. O Senhor Escaravelho, então, desgostosíssimo com a ignorância da plateia, fez um sinal para que todos se assentassem outra vez e explicou baixinho:

— Vocês não estão vendo que esse é o pedaço mais difícil da ária? Nesse trecho, justamente, o sabiá está discutindo com uma patativa que lhe roubou o alpiste...

— Nós não entendemos o *sabiano*... — comentaram eles.

A sinfonia era dividida em cinco partes.

Na pausa entre o Alegro e o Adágio** os insetos, pensando que a música já havia acabado, começaram a bater

....
* Compasso de música, dividido em três tempos.
** Alegro e Adágio são trechos de música. O Alegro tem andamento rápido, vivo, e o Adágio, andamento lento.

palmas. Escaravelho, indignado, pôs a patinha na boca, recomendando silêncio:

— Ch... Ch... Ch... fez ele. Que falta de cultura!... Vocês não sabem que nunca se deve aplaudir antes de terminada a sinfonia?

O mais engraçado é que, quando a música acabou de verdade, ninguém bateu palmas. Ficaram com medo de dar "rata", achando que ainda não era hora.

Escaravelho lançou um olhar de desprezo para os insetos e começou a aplaudir com entusiasmo, exclamando:

— Bravo! Bravíssimo! Que bela fermata,* Dona Cigarra!

Aí, então, vendo que a música havia realmente acabado, todos bateram palmas.

— Peço a palavra! — disse alto Louva-a-deus.

Os insetos assentaram-se outra vez, prontos a ouvi-lo. Com certeza Louva-a-deus vinha com uma das suas. Houve silêncio e cochichos.

— Escute uma coisa, Dona Cigarra — começou ele. — Por que é que a Senhora cacuteia a gente durante uma hora inteira com uma música horrível em *sabiano*, só para "fazer bonito", hem? Por que não canta uma coisa simples, na língua dos insetos?

A soprano fingiu que não tinha entendido e saiu, toda solene, de braço dado com Escaravelho.

— Retirem esse inconveniente daqui! — ordenou este, enojado.

....
* Parada do compasso musical sobre uma nota, cuja duração pode ser prolongada de acordo com a interpretação do executante.

Todo o mundo começou a rir. Bicho-pau achou muita graça e deu tanta gargalhada que perdeu o equilíbrio e despencou lá do banco onde estava empoleirado. Pensando que ele tinha tido um desmaio, a boa Caligo, assustada, voou para baixo, a fim de socorrê-lo.

Nesse mesmo instante, Papílio estremeceu, horrorizado:

— Céus! Não é possível! — exclamou ele consigo mesmo.

E ficou tão pálido, que o Príncipe Grilo lhe perguntou se estava passando mal.

— Não foi nada — respondeu Papílio. — Uma tontura, apenas.

Que teria ele visto de assim tão grave a ponto de transtorná-lo tanto?

14. Perigo

PAPÍLIO FICOU EM DÚVIDAS SE DEVERIA OU NÃO CONTAR ao Príncipe Grilo tudo o que sabia. Não eram suspeitas apenas... tratava-se já de uma quase certeza. Resolveu esperar mais um dia, entretanto, a fim de averiguar certas coisas. Ninguém melhor que ele sabia que frequentemente a precipitação põe a perder desfechos que parecem muito bem encaminhados. De qualquer modo era urgente avisar Atíria do perigo que ela corria, e isso de modo que não comprometesse ninguém, o que prejudicaria as suas investigações.

Na manhã seguinte, cedo, Dona Jitirana encontrou um aviso escrito numa folha de parreira jogada no tronco. Dizia assim:

"Senhorita Atíria — não saia depois do Sol posto de modo algum. Fuja de corujas e de borboletas de voo crepuscular. Guarde reserva. Papílio".

— Que é isso, santo Deus? — pensou Jitirana.

Atíria também não compreendeu nada.

— Não se assuste, mamãe — disse ela. — Com certeza todas as mocinhas-borboletas que moram no bosque receberam um aviso igual a este. Papílio e Caligo ficaram muito preocupados com a morte de Vanessa e agora estão achando que nós todas vamos morrer também. Que tolice!

— Não, minha filha. Tenho a impressão de que isso não é brincadeira. Prometa-me que fugirá de corujas, de mariposas e de borboletas que voam à tarde. Promete?

— Pode ficar sossegada. Escute uma coisa, mamãe. É verdade que as mariposas pousam de asas fechadas escondendo o abdome?

— É sim. Elas não descansam como você e as outras borboletas. Deixam suas asas caídas horizontalmente quando estão pousadas. Ficam até parecendo aviões pequeninos aterrissados. Cuidado com elas e com as borboletas grandes, que saem ao crepúsculo.

— E é verdade que as mariposas só voam à noite?

— Salvo poucas exceções, é pura verdade.

— Que fazem durante a manhã?

— Ficam adormecidas nos troncos das árvores de cujas folhas se alimentavam quando eram lagartas. E lembre-se de que têm o corpo muito mais grosso do que vocês, borboletas.

— Não há perigo. Quanto às corujas, mamãe, nem é preciso recomendar. Fujo delas há muito tempo. Hoje é dia de levar talinhos de couve aos gafanhotos pobres do hospital. Vou sair logo depois do almoço, e, antes que o Sol se esconda, estarei de volta.

O Caso da Borboleta Atíria

— Cuidado, muito cuidado — recomendou Jitirana.

Atíria aprontou-se, beijou a mãe, e saiu cantando.

Que barulhada fizeram os gafanhotinhos quando ela chegou e distribuiu os talos de couve!

— Aquele ali ganhou mais do que eu! — reclamou um deles.

— Quero mais! Quero mais! — exclamou o menor de todos, que estava com uma patinha quebrada.

Era muito pequeno, coitadinho, e Atíria não teve dúvidas em satisfazê-lo.

Os que podiam andar faziam fileira para receber a sua parte.

Um gafanhotinho que sofria de asma e era louco por talinhos de couve ganhou uma vez e tornou a entrar na fila com o ar mais inocente deste mundo. Começou a assobiar para disfarçar e estendeu a patinha como se ainda não tivesse recebido nada. Atíria achou graça, mas fingiu que não tinha desconfiado e deu-lhe nova porção. Resolveu, porém, pregar-lhe uma peça.

— Não tem repetição porque é perigoso — disse ela, dirigindo-se a todos. — Um médico falou-me outro dia que couve demais faz nascer um bigode enorme na gente.

O gafanhotinho levou susto, mas, vendo que Atíria piscava os olhos para ele, deu uma risadinha e ficou todo encabulado.

Pouco depois, vendo que já era tempo de voltar para casa, Atíria preparou-se para sair.

Mal havia atravessado a porta do hospital — que ficava numa pequena gruta — viu chegar uma minúscula joaninha verde, que chorava sem parar.

— Que aconteceu, meu bem? — perguntou Atíria.

— Foi um espinhozinho que fincou nas minhas costas, e estou com medo de doer na hora de arrancar.

— Se você não deixar tirar, será pior. Escute uma coisa: vou contar uma história muito bonita, e você vai ficar quietinha para que o médico possa fazer tudo o que é preciso, ouviu?

— Só se a história for de gigante, e daquelas bem compridas.

— Então vou contar o caso do besouro maior do mundo.

As duas foram para dentro, e a pequena joaninha ficou tão distraída com as palavras de Atíria, que nem protestou quando o espinho foi retirado.

— Meu Deus, como é tarde! — exclamou a borboleta.

O tempo passara muito rapidamente, e Atíria saiu, ansiosa por chegar a casa.

O Sol começou a esconder-se, e ela se lembrou do aviso de Papílio, com certa inquietação. Tolice. Atravessaria o bosque o mais depressa possível e iria diretamente para casa.

No meio do caminho fatigou-se e resolveu descansar numa árvore.

De repente, começou a experimentar uma sensação estranha. Pareceu-lhe que estava sendo vigiada, seguida... Não se enganara... Ali bem em frente, pousada num tronco, estava uma estranha coruja. Seus olhos eram fixos, terríveis, como que magnéticos... Desorientada, a borboleta levantou voo, buscando um abrigo para esconder-se. Que aflição, meu Deus!...

Suas antenas, muito sensíveis, pressentiram que a misteriosa coruja continuava a persegui-la. Súbito, viu um minúsculo e frágil ninho de beija-flor dependurado na ponta de um galho. Mais que depressa, atirou-se lá dentro.

Assustados, os passarinhos começaram a piar.

— Que quer você? — perguntou a Senhora Beija-flor.

Atíria olhou para ela com tal aflição que não foi preciso mais nada. A ave abriu as asas e disse:

— Nós não entendemos bem a linguagem uma da outra, mas vejo que você está em grandes apuros. Esconda-se aqui, junto de meus filhos. Afinal de contas, apesar de você ser inseto e eu ave, somos filhas do mesmo Deus, não é?

A borboleta deu um suspiro de alívio, e ficou bem quietinha debaixo das asas de mamãe Beija-flor. Pensou em dormir ali e sair no dia seguinte cedo, quando não houvesse mais perigo. Lembrou-se depois de que Jitirana iria ficar aflitíssima não a vendo chegar, e resolveu voltar para casa aquela tarde mesmo. Mais de duas horas já se haviam passado, e a coruja certamente deveria ter desanimado de persegui-la. Como haveria de agradecer à Senhora Beija-flor o grande auxílio que lhe tinha prestado? Que pena não poder conversar com ela! Sempre que fosse possível, haveria de trazer néctar para os filhotinhos.

Atíria sorriu para ela, beijou cada um dos passarinhos e saiu.

Uma brisa leve começou a soprar, balançando o ninho docemente, como se fosse um berço. Os pequeninos beija-flores adormeceram logo.

Ainda não era noite, e havia um resto de claridade.

— A coruja desapareceu... — pensou Atíria, aliviada.

Com certeza não percebeu que me escondi no ninho e desistiu de me perseguir.

— Você por aqui, Atíria? — perguntou Caligo, a simpática amiga de Papílio e Grilo. — Que imprudência! Não recebeu o aviso recomendando que não saísse à tarde?

— Que susto passei, Dona Caligo! — E contou-lhe o ocorrido.

— Vou acompanhar você até a casa. A coruja só ataca borboletas que estão sozinhas.

E as duas amigas saíram voando.

15. A gruta dos horrores

— QUANTO MAIS DEPRESSA VOLTARMOS, melhor será — disse Caligo. — Cortemos o caminho, passando por este atalho.

De repente, Atíria notou que sua companheira voava mais devagar e parecia cansada.

— Está sentindo alguma coisa? — perguntou-lhe.

Caligo não respondeu e caiu ao chão. Teria morrido? Não. O coração* batia ainda, estava desacordada apenas.

— Que terá acontecido, meu Deus! — exclamou, aflita, a pequena borboleta.

Olhou para os lados e não viu ninguém que pudesse ajudá-la. Já era quase noite.

Por feliz coincidência, havia ali, bem à sua frente, uma gruta cuja entrada estava entreaberta. E vinha de dentro uma luz suave e azulada, como se a caverna fosse habitada.

....
* Os insetos possuem um aparelho circulatório cujo órgão central é um simples vaso dorsal contrátil — um coração simplificado, digamos.

Atíria não teve dúvidas, e resolveu levar sua amiga para lá. Depois voaria à procura de um médico que viesse examiná-la.

Com grande esforço arrastou-a até a gruta, decidida a pedir abrigo.

Mal havia cruzado a entrada, ouviu um estrondo fortíssimo, como se uma grande pedra tivesse despencado. Enorme bloco havia se deslocado, realmente, fechando completamente a abertura!

— Enterradas vivas! — gritou Atíria, apavorada.

Foi essa a primeira das muitas surpresas que iria ter aquela noite.

A iluminação da caverna era proveniente de uma grande lâmpada cheia da substância fosforescente dos vaga-lumes, e a claridade, que era suave e belíssima, espalhava-se por todos os cantos.

Paralisada de terror, Atíria viu Caligo levantar-se, como se não tivesse nada, e dar uma risada medonha.

— Assustadinha, hem? — começou ela. — Pois fique sabendo que a entrada desta gruta foi fechada de propósito... e que a coruja... SOU EU! Olhe bem para mim...

Assim dizendo, a perversa borboleta pousou de cabeça para baixo e de asas abertas sobre o alto da parede.

— A coruja! — exclamou Atíria, quase sem voz, de tanto espanto e medo.

A natureza colocara na parte detrás das asas de Caligo dois grandes círculos negros numa posição tal que faziam lembrar um par de olhos arregalados. O corpo comprido da borboleta assemelhava-se ao nariz das corujas e a cor, o tamanho e a forma de suas asas, quando vistos de baixo para cima, pareciam a cabeça daquela agourenta ave noturna. A ilusão era perfeita!*

Atíria, de olhos esbugalhados, custava a crer no que via. Começou a tremer e a suar frio.

— A Se... nho... ra...? Não... Não...

Voltando à posição normal, Caligo continuou:

— Há meses que venho fingindo ser amiga do Príncipe Grilo e do detetive, a fim de melhor poder realizar os meus planos e os de meu noivo.

— Noi... vo?... — sussurrou Atíria completamente desnorteada.

— Bem, menina, é melhor contar a você tudo de uma vez: Há tempos, um feliz acaso fez-me entrar nessa gruta, onde conheci o ser mais estranho e poderoso do reino dos insetos: o Esqueleto-Vivo! Essa criatura, além de ter uma inteligência fora do comum, possui um sistema nervoso tão sensível que pressente grande parte do que se passa à distância e adivinha alguma coisa do futuro. E isso apesar de não ter olhos, imagine! O Esqueleto-Vivo, que jamais abandonou os cubículos sombrios desta gruta, é ambicioso, e concebeu o plano de dominar a floresta inteira. Para isso, entretanto, precisaria de um cúmplice que vivesse lá fora nos bosques, e que estivesse livre

....
* Todas as borboletas do gênero *Caligo* possuem essa particularidade, o que o leitor poderá verificar examinando-as pelas costas e virando-as de cabeça para baixo.

de qualquer suspeita. Aí então apareci eu. Prometeu desposar-me e fazer-me rainha, se o ajudasse.

— Vão... matar o Príncipe? — perguntou Atíria, trêmula e pálida de espanto.

— Naturalmente. O Príncipe e muita gente mais... Temos vários amigos dentro desta gruta, e já está tudo combinado.

— Mas eu... não tenho nada com isso... Por que me perseguem assim? — perguntou Atíria.

— Acontece o seguinte: O Esqueleto-Vivo, enquanto organizava o plano de extermínio de Grilo, teve forte pressentimento de que uma borboleta de quem ele iria gostar, haveria de fazer fracassar os nossos projetos. Como disse a você, ele é quase adivinho, mas infelizmente não conseguiu saber que borboleta era essa, e encarregou-me de descobri-la, a fim de que nós a eliminássemos imediatamente. Como Grilo era noivo de Helicônia, pensei que fosse ela e matei-a. Mas não era. Quando chegou Vanessa Atalanta, julguei que o Príncipe estivesse enamorado dela e envenenei-a, fazendo-a cheirar um ramo de mancenilha. Ninguém suspeitava de mim, e a culpa recaiu sobre as corujas. Aliás, eu não tinha receio de ser apanhada, pois disfarçava-me em coruja num segundo... Bastava-me ficar de costas, abrir as asas e virar de cabeça para baixo, como você viu agora há pouco... E, para ser Caligo outra vez, eu só tinha de voltar à posição normal... Vanessa morreu inutilmente, entretanto. Custou-me a perceber que era de você que o Príncipe gostava...

— De mim? A Senhora está enganada...

O Caso da Borboleta Atíria 93

— Sei o que digo, menina. É você a borboleta que procuramos. Mas não pense que vai morrer suavemente, cheirando um ramo de mancenilha. Vamos judiar um pouquinho de você antes. Aliás, eu andava aflita para agarrá-la. Papílio já está ficando meio desconfiado comigo... e eu prometi ao Esqueleto que haveria de trazer você aqui ainda hoje. Vi a hora em que se escondeu no ninho de beija-flor e fiquei lá perto esperando. Quando você saiu e voamos juntas, fingi um desmaio bem aqui em frente, na certeza de que você, com essas asas ridículas e imprestáveis, não se atreveria a me levar para casa, e haveria de arrastar-me para cá. Em último caso, se falhasse o plano, mataria você ali mesmo... Mas deu tudo certinho...

Atíria ouvia tudo perplexa. Como era possível existir uma criatura ruim e fingida assim! Lágrimas escorriam de seus olhos, e ela pediu:

— Mate-me logo, Dona Caligo, mas avise minha mãe. Ela é idosa, sofre do coração e deve estar aflitíssima com o meu desaparecimento. Diga-lhe que morro cheia de gratidão por tudo o que fez por mim.

— Deixe de sentimentalismo, boba... Que ingenuidade, achar que vou preocupar-me com uma tolice dessas!

Caligo fez uma pausa e continuou:

— Lembra-se daquela tarde no Parque de Diversões, quando estávamos todos no trem-fantasma? Quis assustá-la, e, sem que ninguém percebesse, voei para a parede, transformando-me em coruja...

Atíria começou a soluçar.

— Não há tempo a perder — disse Caligo. — Vou mostrar-lhe as "maravilhas" desta gruta. Venha escolher a morte que vai ter.

Dizendo isso, aproximou-se da pequena borboleta e deu-lhe um empurrão.

— Vamos! — ordenou ela.

Dirigiram-se a uma abertura que havia no canto e chegaram a um comprido corredor. Parando em certo lugar, Caligo puxou um cordão que saía da parede. No mesmo instante uma pedra começou a mover-se, e apareceu um cubículo mal iluminado.

— Você vai conhecer a TARÂNTULA DAS FURNAS! — avisou ela.

Envolta numa teia muito suja, achava-se uma horrenda e grande aranha, de cor pardacenta e aspecto ameaçador.*

Ao ver a pequenina borboleta, abriu as quelíceras nojentas e quis avançar para ela.

— Agora não! — gritou Caligo, imperiosamente.

E depois, dirigindo-se a Atíria:

— Há vinte dias que não come, imagine...

A infeliz borboletinha ficou gelada de pavor!

— Continuemos a excursão — disse Caligo —, saindo para fora.

O cubículo fechou-se atrás delas.

Logo adiante Caligo parou novamente e puxou um cordão igual ao primeiro. Como da outra vez, a pedra moveu-se, e surgiu uma espécie de antro semi-iluminado. Não se via bicho

....
* Na realidade a tarântula pertence ao grupo das aranhas que moram na terra, não fabricando teias.

algum, apenas duas pequenas plantas, cujas folhas eram recobertas de uma espécie de penugem, de onde saíam gotas de um líquido claro e gelatinoso, que brilhava.

— Estamos na sala das PLANTAS CARNÍVORAS!* — anunciou a malvada borboleta.

Atíria estremeceu. Desde lagartinha tinha ouvido contar histórias incríveis sobre aquelas plantas que devoravam os insetos que delas se aproximavam!

Caligo deu um assobio, e logo depois chegou um mosquito.

— Chamou-me, Dona Caligo? — perguntou ele.

A borboleta não respondeu. Segurou o infeliz e atirou-o num dos arbustos, sem mais nem menos. Na mesma hora os fios que recobriam uma das folhas agarraram-no e fecharam-se sobre ele.

Logo depois a planta começou a segregar um suco digestivo, que se espalhou pelo corpo do inseto, dissolvendo-o e absorvendo-o completamente.

— Como você vê — disse Caligo, nada mais resta do que até há pouco era um guapo mosquito...

E depois, com uma risada irônica:

— Vá escolhendo, desde já, como prefere morrer, hem, menina?

Atíria tremia das patinhas à cabeça...

Saíram dali, e Caligo disse, parando no cubículo seguinte:

---
* *Drossera rotundifolia e Dionea muscipula.*

— Vou mostrar-lhe agora o maior ser do reino dos insetos: O GIGANTE DINASTES HÉRCULES!*

Tratava-se de um medonho besouro verde-negro, de quinze centímetros de comprimento, cuja parte anterior se bifurcava em duas enormes tenazes em forma de meia-lua, tal qual um alicate entreaberto.

Hércules possuía uma força fenomenal e era capaz de carregar pedras enormes.

— Mata esmagando a vítima com as tenazes — explicou Caligo, com ar despreocupado.

— Como é medonho! — exclamou Atíria, horrorizada.

Caligo sorriu e disse:

— Ele vai ter um papel muito importante quando invadirmos o bosque!

De repente, irritado com a presença de estranhos, o gigante começou a zumbir de maneira terrível, fazendo um ruído tão forte que parecia abalar a gruta inteira!

— Saiamos, antes que ele fique muito zangado — disse Caligo.

Aquele corredor parecia não ter fim!

— Agora você vai conhecer a sala das TENTAÇÕES — continuou a noiva de Esqueleto-Vivo.

Depois de puxar o tal cordão, a parede abriu-se. Um perfume delicioso espalhou-se pelo corredor. Surgiu então uma gruta inteiramente recoberta de jasmins, do teto ao chão. Bem no centro havia uma espécie de mesa de pedra cheia de lindas

....
* Esse inseto gigante, talvez o maior de sua classe, é encontrado na América do Sul. (Pertence à ordem dos coleópteros.)

framboesas maduras, tão vermelhas e fresquinhas que se diria colhidas naquela horinha... Não poderia haver nada de mais sedutor para Atíria. Néctar de jasmins sempre fora o seu prato predileto, e framboesas... Oh! Framboesas... Por causa delas tinha cometido várias vezes o feio pecado da gula. E aquelas estavam de fazer água na boca...

Encantada com o que via, Atíria sorriu sem querer e deu um pequeno estalo.

Caligo, que não perdia uma só de suas expressões, disse:

— Como vê, garota, trouxemos para cá as suas iguarias prediletas. Repare no caldinho que está escorrendo das framboesas... É sublime! Doce que nem mel... Mas não pense que irá saboreá-lo. Ficará amarrada num canto sem poder sair do lugar, até que morra de fome. Será uma delícia acabar os dias no meio de tanta coisa bonita e gostosa...

Atíria fechou os olhos para melhor resistir à tentação. Inútil. O perfume forte dos jasmins perturbava-a terrivelmente, fazendo-a adivinhar o delicado sabor do néctar que havia dentro deles. E a coitadinha já estava com tanta fome!...

— Saiamos daqui — acrescentou Caligo, dando um empurrão na pequena borboleta.

No fim do corredor, pararam noutro cubículo.

— Eis a TATURANA DE FOGO — anunciou Caligo.

Atíria empalideceu e começou a suar frio. Tinha verdadeiro horror à medonha lagarta. Chegava a sonhar que estava sendo perseguida por ela e acordava gritando tanto que Jitirana vinha correndo para saber o que havia acontecido...

Caligo percebeu o efeito provocado em Atíria e sorriu maldosamente.

— Já sei como você vai morrer! — disse ela para si mesma.

O corpo de Taturana era coberto de longos pelos avermelhados que queimavam como fogo, injetando um veneno violentíssimo, ao menor contato.

Ao ver Atíria, os pelos da terrível lagarta enriçaram-se, e ela quis atacar a borboleta, que soltou um grito.

— É um pouco cedo, Senhora Taturana — disse Caligo, retirando-se e empurrando Atíria para fora. — Breve estaremos de volta...

E, em seguida, dirigindo-se à borboleta:

— Ainda existe, no fundo desta gruta, o cubículo das SAMAMBAIAS DA MORTE. É um dos mais terríveis, e está reservado para Sua Alteza, o Príncipe Grilo.

— Dona Caligo, não aguento mais — interrompeu a pobre Atíria. — Mate-me de uma vez!

— Bem, menina, pouco falta para isso. Antes, porém, vou levá-la à presença do Esqueleto-Vivo.

E saíram pelo corredor.

16. Lá fora

ENQUANTO ISSO SE PASSAVA NA GRUTA DOS HORRORES, algumas coisas aconteciam no bosque.

Vendo que Atíria não voltava, Jitirana ficou aflita e foi à casa de Papílio pedir providências.

Este alarmou-se e dirigiu-se imediatamente ao palácio de Grilo, contando-lhe todas as suas desconfianças.

Caligo havia desaparecido, o que confirmava as suspeitas. Não havia dúvida: a pequenina borboleta tinha caído direitinho na armadilha!

O Príncipe pediu às cigarras que fizessem soar seu canto de alarma, e os sons espalharam-se pelo bosque inteiro, sendo repetidos pelos ecos.

Meia hora depois, todos os insetos já se achavam reunidos em frente ao palácio de Grilo.

Em poucas palavras o detetive repetiu-lhes a conversa que havia escutado na noite sem lua, explicando-lhes o que estava sendo tramado contra o Príncipe e contra todos.

Revelou-lhes a traição de Caligo — coisa de que não tinha mais dúvida — e o desaparecimento da pequena Atíria.

— Morte a Caligo! — exclamaram com raiva.

— Salvemos Atíria!

— Rebusquemos o bosque antes de tudo — ordenou o Príncipe. — Cada qual irá para um lado.

Havia luar claro, o que tornava um pouco menos difícil a tarefa. Além disso, os vaga-lumes puseram suas lanterninhas à disposição de todos, para as buscas nos cantinhos mais escuros.

Louva-a-deus lembrou-se de que ainda naquela mesma tarde estava pousado num arbusto quando vira Atíria passar voando com Caligo.

— Onde foi isso? — perguntou Papílio, interessadíssimo.

— Perto de uma gruta.

— Reparou para que lado elas se dirigiam?

— Não prestei muita atenção, porque estava distraído, jantando. Quando acabei de comer, não as vi mais.

— É capaz de levar-nos até esse lugar?

— Perfeitamente.

Chegaram perto da gruta e examinaram a região com todo o cuidado. Nada!... Nada que esclarecesse alguma coisa, pelo menos.

— Esperemos a volta dos outros insetos — disse Grilo, nervosíssimo, andando de um lado para outro.

Jitirana, chorando baixinho, exclamava:

— Por que Dona Caligo não me levou em vez de Atíria?! Podia matar-me e fazer uma sopa tão boa comigo...

O Caso da Borboleta Atíria

— Eu é quem deveria morrer em lugar dela — disse Louva-a-deus, todo comovido.

Os insetos voltaram sem notícia alguma.

Súbito, Papílio lembrou-se de que, quando tinha ouvido a tal conversa esclarecedora na noite escuríssima, estava pousado numa rocha — uma gruta talvez — e tivera a impressão de que as vozes vinham de dentro, de um lugar fechado, chegando até ele através de alguma abertura qualquer.

— Isso mesmo! — gritou Papílio de repente. — Caligo levou Atíria para dentro desta caverna! É aí que deve morar o dono da voz esquisita e grossa que conversava com ela! Precisamos agir depressa!

À luz da lua e dos vaga-lumes, os insetos revistaram a parte externa da gruta, verificando não haver entrada alguma, por menor que fosse.

— Com certeza a abertura foi fechada depois que as duas chegaram lá dentro... — comentou Papílio.

— Que fazer? — disse Grilo, desesperado. — Nós todos juntos não temos força para remover essas pedras!... É preciso descobrir um meio qualquer de arrombarmos essa rocha!...

— Uma ideia, Príncipe, uma ideia! — disse Louva-a-deus.

E falou qualquer coisa baixinho para Grilo e Papílio.

— Ótimo! — exclamaram eles.

— Patinhas à obra! Patinhas à obra! — gritou o Príncipe para os insetos.

E as cigarras fizeram soar novamente o seu canto de alarma.

17. O Esqueleto-Vivo

DENTRO DA GRUTA, Atíria, exausta de tantas emoções, preparava-se para conhecer o ente mais perverso e perigoso que jamais existira naquele bosque.

Caligo conduziu-a até um salão iluminado pela mesma luz azulada de sempre e mostrou-lhe um trono lindíssimo todo recoberto de asas de borboletas azuis.

Jogado nele, achava-se um pequeno pedaço de pau fino e seco.

— O Esqueleto-Vivo! — anunciou ela.

Atíria arregalou os olhos, estupefata. Não era possível que "aquilo" fosse o cérebro poderoso e a vontade de ferro que pretendia dominar os bosques!...

Era, entretanto. Tratava-se de um simples esqueleto de inseto* desprovido de olhos e de asas. Possuía filamentos

....
* Esse estranho inseto existe realmente, habitando as grutas sombrias. Não tem olhos nem asas, mas ouve bem e pressente tudo. Pertence à família dos grilos, apesar de parecer um mero esqueleto.

O Caso da Borboleta Atíria

nervosos de extraordinária sensibilidade, ouvindo e pressentindo tudo. Apesar desse aspecto estranho, emanava dele tal força de vontade que a gente se sentia tímida em sua presença.

— Eis a borboleta! — exclamou Caligo, vitoriosa. — É tão pequena e insignificante que não posso compreender que graça o Príncipe achou nela!

— É essa a que buscamos — disse o Esqueleto, solenemente.

Sua voz era grossa, e ressoava abafada como se viesse do fundo de uma cisterna.

E tinha qualquer coisa de firme, autoritária e má, impossível de descrever.

Depois de alguns minutos de muda concentração, o diabólico ser disse pausadamente, dirigindo-se a Caligo:

— Meu "radar" anuncia a presença de vários insetos nas proximidades desta rocha.

— Que mal faz isso? — tornou Caligo. — Eles não sabem o que se está passando aqui dentro.

— A mente deles está voltada para o interior desta gruta — continuou o Esqueleto.

— Todos os insetos juntos não teriam força suficiente para empurrar a pedra de abertura! Não há perigo algum, portanto.

Atíria ficou agitadíssima com essa conversa. Será que Jitirana, Grilo e Papílio haviam desconfiado de alguma coisa? Ah! se pudesse mandar-lhes um aviso... dar um sinal qualquer...

O Esqueleto concentrou-se novamente e depois disse:

— Convém apressarmos... o destino a ser dado à Senhorita...

— Chegou o fim! — pensou Atíria, suando frio de tanto medo.

Não adiantava resistir. Caligo puxou-a pela patinha e empurrou-a para o corredor, parando em frente a um dos cubículos. Aí, então, a perversa borboleta segurou as asas de Atíria, amarrando-as firmemente com uma tininha de cipó.

— Isso é para você não voar nem fugir — disse ela.

A parede abriu-se, e a pobre Atíria foi jogada no antro da Taturana de Fogo!

— Vai morrer do modo que mais temia! — exclamou Caligo, fechando o cubículo outra vez.

E voltou para o salão, a fim de combinar com o Esqueleto a invasão do bosque, na manhã seguinte. Caligo pousou junto do trono e disse:

— O Príncipe, depois de aprisionado, servirá de alimento às Samambaias da Morte. Papílio será entregue à Tarântula das Furnas, e, quanto à Jitirana, estou com vontade de soltar o gigante atrás dela... Hei de rir muito, vendo a velhota correr e pular, com medo de Hércules... Escaravelho, Louva-a-deus e os outros insetos serão atirados às plantas carnívoras. E com isso, Senhor Esqueleto, começará o nosso domínio nos bosques.

Ouviu-se uma risada rouca e grossa, que soou distante, como que repetida num eco.

18. Chegariam tarde?

— VEJA SE OS NOSSOS SOLDADOS estão de prontidão — disse o Esqueleto.

Caligo voou até o quartel da gruta, que ficava num grande salão ao fundo.

Um batalhão de besouros-artilheiros* achava-se colocado em posição de combate, pronto a seguir as ordens do comandante.

Os besouros-artilheiros, quando se sentiam ameaçados, expeliam um líquido cáustico, acompanhado de uma espécie de detonação como se fossem canhões em miniatura. Tinham grande medo do Esqueleto, que os dominava pelo terror, ameaçando-os com as torturas da gruta, caso não lhe obedecessem.

Caligo passou os soldados em revista e voltou para junto do Esqueleto.

----

* Esses curiosos insetos pertencem à ordem dos coleópteros.

— Tudo em ordem, meu chefe — disse ela. — E a estas horas a Taturana já deve ter dado cabo de Atíria...

Mal acabara de pronunciar essas palavras, o chão começou a esfarelar-se perto do trono e... ó surpresa... um bando de formigas-saúvas saiu lá de dentro do túnel que haviam cavado debaixo da terra!

Atrás delas chegaram Papílio, Grilo, Jitirana, Louva-a--deus, uma porção de borboletas e outros insetos.

— Queremos Atíria! Morte aos traidores! — gritavam eles.

O Esqueleto, de um pulo, avançou para as formigas com ferocidade terrível, dando golpes e matando algumas com sua força fenomenal. Depois soltou um assobio agudo, sinal combinado para os soldados iniciarem o ataque.

Caligo, num segundo, voou para o corredor, soltando Tarântula das Furnas e o medonho gigante Hércules, que veio arrastando o pesado corpo em direção ao salão, zumbindo e dando estalos.

A confusão foi terrível!

As saúvas gritavam e corriam desnorteadas, com medo de Hércules, cujas tenazes agarraram e esmagaram uma porção de insetos num segundo.

Papílio atracou-se com Caligo, disposto a matá-la ou morrer.

A Tarântula atirou-se à Jitirana, mordendo-a no rosto. Mas não conseguiu injetar-lhe todo o veneno, pois seu corpo foi traspassado nesse mesmo instante por um fino e comprido alfinete que Louva-a-deus lhe tinha fincado nas costas, matando-a. O Príncipe, que era corajoso, lutava com o Esqueleto, e seria difícil saber qual dos dois tinha mais raiva do outro.

O diabólico inseto possuía uma força deveras assombrosa, e em certo momento aplicou um golpe tão violento no pescoço de Grilo que este tombou quase desacordado.

O Esqueleto mais que depressa aproveitou a vantagem adquirida e arrastou o Príncipe até um corredor, onde soltou três assobios.

Pouco depois surgiu uma pequena carruagem negra em forma de esquife, puxada por seis medonhos escaravelhos pretos.

— Alteza — disse o Esqueleto, gravemente. — Eis os cavalos-do-coche-do-diabo.*

Em seguida colocou o Príncipe na carruagem, tomando assento ao lado. O pobre Grilo, sem poder reagir, sentiu os braços do Esqueleto fincados em seu corpo, firmes e resistentes, quais finas tenazes de aço.

— Ao Antro das Samambaias da Morte! — ordenou ele, imperiosamente.

Os cavalos-do-coche-do-diabo se puseram em movimento, embrenhando-se pelo escuro corredor adentro.

— Toquem a Marcha Fúnebre dos insetos! — comandou o Esqueleto.

Então os besouros começaram a zumbir uma agourenta e horrenda música de compasso lento, que dava arrepios de tão impressionante.

....
* Nome dado na Inglaterra a certo tipo de besouros negros.

— Chegou o meu último instante! — pensou Grilo, desesperado, e com a cabeça ainda tonta. — Estou assistindo a meu próprio enterro!

Depois de dar algumas voltas, o coche mortuário parou.

— Vou entregá-lo às Samambaias da Morte — anunciou o Esqueleto. — Aguardarei aqui fora o desfecho do banquete.

Dito isso, puxou um cordão, em cuja ponta havia um peso, e soltou uma gargalhada rouca e alucinada.

No mesmo instante ergueu-se uma pedra que servia de porta, surgindo aos olhos de Grilo uma estranha sala cujas paredes estavam inteiramente cobertas de samambaias avermelhadas.

A iluminação obtida com a substância fosforescente dos vaga-lumes emprestava àquele lugar uma aparência de irrealidade e sonho.

— Bom apetite — recomendou o Esqueleto, retirando-se e fechando a porta.

O Príncipe, inteiramente perplexo, olhava para aquelas folhagens desconhecidas, sem nada compreender.

Súbito, como a um sinal combinado, as supostas plantas começaram a mover-se em todas as direções.

Grilo, paralisado de horror, percebeu então que o Esqueleto o havia jogado no Antro das Lacraias Venenosas...

As terríveis criaturas possuíam inúmeros pares de patas espalhadas pelo corpo, de um lado e de outro, o que lhes dava um aspecto de folha de samambaia.

— A cabeça é minha! — gritou uma delas, avançando para o Príncipe.

O Caso da Borboleta Atíria

— Quero uma asa inteira! — exigiu outra, com voracidade. Cada qual reclamava um pedaço melhor.

A gritaria foi aumentando, aumentando, e em poucos instantes armou-se uma luta violenta entre elas.

Uma das lacraias caiu morta junto da porta, perto de Grilo, o que passou despercebido às outras, pois estavam todas vivamente empenhadas no combate.

O Príncipe, numa inspiração genial, deu um salto e enfiou-se debaixo do cadáver, lá ficando escondido, apesar de toda a repugnância que lhe causava o nojento corpo sem vida.

— Silêncio! Todas em seus lugares! — ordenou a chefe das lacraias. — Tiremos a sorte para ver a quem cabe o melhor pedaço.

Nisso, a pedra deslocou-se outra vez, surgindo o Esqueleto. Tinha pressentido que algo de anormal estava acontecendo, e viera certificar-se do fim de seu inimigo.

— O Príncipe! O Príncipe! — gritou ele, irritado.

As "samambaias" interromperam a luta, e, vendo que Grilo havia desaparecido, ficaram desapontadíssimas.

— Não sabemos o que aconteceu! — exclamou uma.

— Deve ter-se escondido numa das frestas do teto — disse outra.

Num segundo, as lacraias correram para lá, procurando por todos os cantos o saboroso petisco.

Enquanto isso, aproveitando a inesperada oportunidade, Grilo foi se arrastando pelo chão e saiu voando pela porta entreaberta.

Adivinhando a fuga do Príncipe, o Esqueleto bradou, cheio de ódio:

— Maldito! Persigam-no, Samambaias da Morte!

Então aquela multidão de lacraias se espalhou pelos corredores, invadindo o grande salão onde se travava o combate.

— Vitória! A vitória será nossa! — exclamava o Esqueleto, pulando como um louco.

A situação não estava nada boa.

O Gigante Hércules já havia esmagado centenas de insetos com suas tenazes, e o pânico aumentou ainda mais com a invasão das lacraias.

Aconteceu então que, em vez de atacar os inimigos do Esqueleto, as lacraias recomeçaram a brigar entre si mesmas, continuando a disputa por causa de Grilo.

O Príncipe, num sobre-humano esforço, procurou subjugar o Esqueleto, que dava trancos e golpes violentos por todos os lados.

As coisas estavam nesse pé, quando entrou marchando o poderoso batalhão dos escaravelhos-artilheiros.

O Esqueleto soltou um grito de alegria.

— Matem! — ordenou ele aos soldados.

Com surpresa, percebeu, entretanto, que o batalhão estacara.

— Chegou a hora de nossa vingança! — exclamou o comandante, dirigindo-se ao diabólico inseto. — Sofremos durante meses, subjugados pelo terror! Lutemos ao lado de nosso Príncipe! Viva Grilo!

Sentindo-se perdido, o Esqueleto pediu trégua. O combate foi interrompido.

As lacraias, acovardadas, fugiram para o fundo da gruta.

— Patas ao alto! — gritou o Príncipe, energicamente.

O Esqueleto moveu para cima dois filamentos fininhos como fios de cabelo, enquanto Caligo e Hércules erguiam as patas.

Apesar de ferido, Grilo disse-lhes, então:

— Levem-nos aonde está Atíria.

O Esqueleto soltou uma gargalhada grossa.

— Já não pertence ao número dos vivos! — disse ele vagarosamente, com aquela voz que parecia vir do fundo de uma cisterna.

— A Taturana de Fogo queimou-a, envenenou-a e matou-a — acrescentou Caligo, vitoriosamente.

— Vocês me pagarão por isso! — bradou o Príncipe. — Mostre-me imediatamente onde está a Taturana.

— Com todo o prazer, Majestade... disse Caligo, ironicamente.

Jitirana, intoxicada pelo veneno da aranha, deitara-se no chão e soluçava baixinho.

— Minha filha tão pequena e tão fraquinha! — exclamou a pobre senhora. — Criei-a com tanto cuidado!... Que maldade fizeram com ela!

Tremendo de indignação, o Príncipe e Papílio — que tinha perdido uma pata na luta — seguiram Caligo até o corredor, e pararam em frente ao cubículo. O cordão foi puxado, e a parede abriu-se. O que viram lá dentro surpreendeu-os a tal ponto que os fez recuar, estupefatos!

Encolhida num canto, estava Atíria, vivazinha! Sim, viva, apenas um pouco abatida e bastante pálida... No lado oposto, achava-se a Taturana molemente recostada, numa atitude sonolenta e inexplicável. Uma espécie de baba escorria-lhe pelo corpo, e ela parecia completamente alheia ao que se passava em redor. Seus pelos estavam molhados e haviam perdido um pouco da cor avermelhada que tinham pouco antes. Dir-se-ia que toda a sua ruindade havia desaparecido como por encanto...

Atíria, ao avistar Papílio e o Príncipe, deu um gritinho de alegria.

— Que é isso? — indagou Caligo, irritada. — Que fez a Taturana ficar cretina assim?

— Não sei — disse Atíria. — Quando a Senhora me atirou aqui, já a encontrei desse jeito.

Então a lagarta, com os olhos semicerrados, bocejou e murmurou, com voz de sono:

— Deixem-me em paz. Minha metamorfose já começou, e estou tecendo meu casulo. Quero dormir, dormir, acordar com asas, já mariposa! Deixem-me em paz, por favor!

Dito isto, adormeceu outra vez. A Providência Divina, servindo-se de uma das maravilhas da natureza, libertara Atíria de morte horrível...

O Príncipe desatou o cipó que prendia as asas da pequena borboleta e abraçou-a comovido:

— Minha pequena Atíria! — disse ele.

Uma gargalhada rouca e teatral desviou a atenção de todos para o corredor.

O Caso da Borboleta Atíria

Em frente à sala das Plantas Carnívoras estava o Esqueleto, bradando alucinadamente:

— Render-me? Nunca! Do mais poderoso entre os poderosos, nem pó há de restar!

Dito isso, num gesto espetacular, saltou pela entrada aberta e jogou-se num dos arbustos, cujas folhas se fecharam imediatamente sobre ele.

Ouviu-se um "craque-craque", como se um pedaço fininho de pau seco estivesse sendo dissolvido... e foi tudo.

O Príncipe e seus amigos, que haviam voado depressa, assistiram ao fim da cena, entre horrorizados e aliviados.

Não havia tempo a perder, e eles resolveram tomar uma porção de providências, que foram imediatamente postas em execução.

Auxiliados pelos soldados, Grilo e Papílio conseguiram finalmente subjugar Caligo e Hércules, matando-os com as detonações cáusticas dos besouros-artilheiros.

E assim se acabaram de uma vez para sempre aquelas perversas criaturas que bem mereceram o fim que tiveram.

— Louvado seja Deus! — exclamou Jitirana, vendo Atíria chegar voando.

— Mamãe! — gritou ela, abraçando-a, louca de alegria.

Papílio e Grilo, ambos bastante machucados, deram uma busca na gruta, libertando várias formigas doentes, assim como algumas borboletas que o Esqueleto mantinha presas.

— Saiamos quanto antes deste lugar horrível! — disse Grilo.

Os insetos fizeram então uma espécie de procissão e entraram no túnel cavado pelas saúvas. Todos voltavam feridos. Um tinha quebrado a pata, outro havia furado duzentos e tantos ocelos do olho. Aquela borboleta ali estragara as asas, esta aqui perdera uma antena... Mesmo assim, estavam todos contentes por se verem livres do perigo que haviam corrido.

Grilo, que foi o último a sair, fechou a entrada do túnel cavado pelas saúvas, tendo antes o cuidado de queimar lá dentro folhas secas de mancenilha, para que as emanações venenosas desprendidas pela planta intoxicassem e matassem as lacraias em seus esconderijos, assim como algum outro malvado que por lá houvesse ficado.

Ao chegar fora, o Príncipe, ferido e exausto, respirou fundo o ar fresco da manhã. Que bom era estar no bosque, ver o céu azul, escutar o canto dos pássaros, sentir o perfume das flores... Viver, enfim!

— Está melhor, minha sogra? — perguntou Grilo à Jitirana.

— Sogra? — repetiu ela, assustada, duvidando do que tinha ouvido.

— Sim, minha Senhora. Tenho a honra de pedir a patinha de sua filha em casamento...

E assim Atíria e o Príncipe ficaram noivos...

19. Esclarecimento

SOMENTE UMA SEMANA DEPOIS foi que os doentes se restabeleceram. Papílio ficou de cama alguns dias, e Grilo, cujas feridas já se haviam cicatrizado, foi visitá-lo.

— Conte-me como suspeitou de Caligo, meu amigo — disse o Príncipe.

— Várias circunstâncias levaram-me a desconfiar dela. Antes de tudo, achei esquisito a tal coruja envenenar as vítimas com mancenilha. O natural seria matá-las com uma simples bicada. Isso me fez perceber que algum inseto queria fingir-se de coruja, a fim de afastar qualquer desconfiança da própria pessoa. Notei também que Helicônia e Vanessa morreram ao cair da noite, o que me fez pensar que fosse culpada uma mariposa ou então alguma borboleta de voo crepuscular, dessas que gostam de sair à tardinha. Até aí, confesso que ainda não havia desconfiado de Caligo. Foi no concerto da Cigarra que tive a espantosa revelação.

— Como? — perguntou Grilo, curioso.

— O Bicho-pau caiu do banco e, julgando-o desmaiado, Caligo abriu as asas, curvou-se e ficou de cabeça para baixo, a fim de socorrê-lo. Olhei para lá e vi uma coruja perfeita, estampada nas costas dela! Passado o primeiro momento de espanto, raciocinei com calma, e cheguei à conclusão de que era Caligo a tal "coruja". Estavam explicadas certas viagens misteriosas que ela fazia sem dar satisfação a ninguém. Ia para a gruta conversar com o Esqueleto, certamente... Fora Caligo quem primeiro havia encontrado os corpos sem vida de Helicônia e Vanessa. Fingindo-se de coruja, matara-as com toda a calma e, depois, transformada em borboleta novamente, chamava os insetos, simulando susto e aflição. Na tarde em que Atíria foi levada à Gruta dos Horrores, segui Caligo durante algum tempo; depois ela se embrenhou num matagal, e eu a perdi de vista.

— Você é um grande detetive, Papílio! — exclamou Grilo, entusiasmado.

— O Príncipe está exagerando — tornou ele modestamente.

— Bem, meu caro. O tempo das coisas tristes passou. E este seu amigo está se preparando para ser o mais feliz dos grilos, desposando a mais suave e encantadora das borboletas.

Papílio mandou buscar um vinho de flores que só tomava nas grandes ocasiões e bebeu à saúde de Grilo:

— Ao melhor dos príncipes!
— Ao mais fiel dos amigos!
— Viva!
— Viva!

O Caso da Borboleta Atíria

20. As bodas

O BOSQUE ESTAVA UMA LINDEZA no dia do casamento de Grilo e Atíria!... As flores combinaram umas com as outras e abriram as suas pétalas na mesma hora, enchendo a floresta de perfume.

Os pássaros resolveram tomar parte nos festejos e cantaram, da manhã à noite, as mais belas de suas canções.

Os beija-flores ofereceram os seus ovos, para com eles ser feito o bolo da noiva, e as abelhas levaram uma porção de favos de mel para a confecção dos doces.

Havia borboletas de todas as cores e tamanhos.

Não houve inseto que não fosse convidado.

Finalmente chegou Atíria, trazida pelo braço do noivo, com dois minúsculos botões de laranjeira na cabeça, um na ponta de cada antena. Um véu finíssimo, tecido por bichos-da-seda, envolvia-lhe o pequeno corpo, e ela estava um verdadeiro encanto!

Soprou um vento ligeiro, que sacudiu os ipês. E o chão cobriu-se de flores em tal profusão que se diria ter sido estendido ali um tapete colorido.

A Cigarra compôs uma "Marcha Nupcial" especialmente para aquela festa, e cantou-a, misturando frases em *grilês* com palavras em *borboletano*, a fim de homenagear o Príncipe e Atíria.

Empoada com pólen dourado, e mais bela que nunca, a Rainha das abelhas conversava com Papílio.

Escaravelho estava numa grande elegância, exibindo polainas brancas em todas as patas.

— Já chegou a hora? Já chegou a hora? — indagavam com impaciência as pequenas joaninhas vermelhas e verdes.

— Hora de quê, minhas filhas? — perguntou a mamãe.

— Dos doces! — responderam todas de uma só vez.

— Por favor, não me envergonhem, tornou a mãe. Esganamento é coisa feia, minhas filhas. Aprendam a esperar...

O tão desejado momento chegou, afinal. Todo o mundo comeu e bebeu a fartar.

Sentada à mesa junto de Escaravelho, Cigarra saboreava um pedaço de pudim de néctar. Súbito, a folha de trevo que lhe servia de guardanapo começou a mexer-se sozinha em sua frente.

A cantora, que era muito fiteira, começou a dar gritinhos:

— Esse lugar é mal-assombrado! Ai! Ai! tirem isso daí...

O guardanapo suspendia-se no ar, descia novamente, e depois tornava a levantar-se como se estivesse voando.

Houve algum alarma. Finalmente acabaram descobrindo que aquilo não passava de uma brincadeira que Louva-a-

-deus tinha feito com Cigarra. Sem que ninguém visse, pregara no guardanapo um fio comprido de teia de aranha e o puxava de longe, lá do lugar onde estava sentado.

— Essa criatura insuportável não se corrige! — exclamou Cigarra, indignada.

Muitos insetos acharam graça e começaram a rir. Louva-a-deus era um bichinho tão bom e simpático que a gente não tinha remédio senão lhe perdoar a mania de pregar "peças" nos outros!...

Cigarra, que não estava acostumada a beber vinho, ficou um pouco tonta e começou a dar "dós de peito" e a solfejar escalas, sem parar. Escaravelho, receando que ela se tornasse inconveniente, achou melhor levá-la discretamente para casa.

Findo o banquete, começou o bailado das borboletas coloridas, ao som da música dos pinheiros, tangidos pelo vento. Voavam aos milhares, formando desenhos de flores, peixes, luas, estrelas, coisas lindas, enfim.

As bailarinas, que eram alunas de Pernilongoff, o célebre professor de dança clássica, foram muito elogiadas por todos os presentes.

Embevecidos um com o outro, Grilo e Atíria mal prestavam atenção na festa.

Olhos nos olhos, alheios a tudo, ambos pairavam longe, muito longe da Terra.

— Você tem um sorriso tão bonito... — dizia-lhe o Príncipe, vagamente, como que em sonho.

— E você é tão simpático... — murmurava ela, bem distante do mundo.

Chegou a noite, e o bosque encheu-se de insetos fosforescentes, que tinham vindo tomar parte nos fogos de artifício.

Centenas e centenas de vaga-lumes agrupavam-se e como que explodiam no ar, despencando-se em cascatas de luz. Chegaram outros, que pareciam trenzinhos com janelas iluminadas, deslizando por trilhos invisíveis, riscando o céu escuro com sua fosforescência azulada.

Terminada a festa, os insetos voltaram para seus esconderijos, cada qual mais alegre e satisfeito.

Durante muito tempo se falou naquela festa. Até hoje, no reino dos insetos, as mães gostam de contar às filhas uma história linda, que começa assim:

— "Num bosque cheio de passarinhos e flores, aparecera certa vez uma pequenina e silenciosa crisálida, colada ao tronco de uma árvore.

Uma velha Jitiranaboia...".

BIBLIOGRAFIA

BOUVIER, E. *Habitudes et Metamorphoses des Insectes*. Paris: Ernest Flammarion Editeur, 1921.

_____. *La Vie Psychique des Insectes*. Paris: Ernest Flammarion Editeur, 1922.

COLLINS, Geoffrey Taylor. *Insect Life in Britain*. London: Collins, 1945.

COMSTOCK, John Henry. *An Introduction to Entomology*. New York: Comstock Publishing Company, 1933.

CRULS, Gastão. *Hileia Amazônica*. São Paulo - Rio de Janeiro, Companhia Editora Nacional, 1944.

Enciclopédia Britânica.

FABRE, J. H. (Extraits des "Souvenirs Entomologiques".) *La Vie des Insectes*. Paris: Librairie Delagrave, 1919.

LEFÈVRE, V. *Insetos Amigos e Inimigos*. São Paulo: Ed. Anchieta, 1945.

LIMA, A. da Costa. *Insetos do Brasil*. Escola Nacional de Agronomia.

PLINY, the Younger; GUÉRROLT, Pierre-Claude-Bernard. *Morcoaux Extraits de Pline*. Paris: Lefèvre: Garnier, 1845.

SANDARS, Edmund. *A Butterfly Book the Pocket*. London: Oxford University Press, 1939.

SILVA, Benedito R. da. *Lepidópteros do Brasil*. Rio de Janeiro: Imprensa Nacional, 1908.

Tesouro da Juventude. Clinton, Massachusetts, W. M. Jackson, Inc. The Colonial Press Inc., Impressores.

WELHOUSE, Walter. *How Insect Live*. New York: MacMillan Company.

Saiba mais sobre
Lúcia Machado de Almeida

SEMPRE MISTURANDO A MAGIA DAS LENDAS COM MUITA AVENTURA, como neste *O caso da borboleta Atíria*, a mineira Lúcia Machado de Almeida já conquistou a preferência de seu imenso público juvenil. Ela nasceu na fazenda Nova Granja, município de Santa Luzia. Ainda criança, mudou-se para Belo Horizonte. Estudou literatura, história da arte, línguas, piano e canto. Pertenceu a uma família de escritores: era irmã de Aníbal Machado, Paulo Machado, Carolina Machado, tia de Maria Clara Machado e cunhada do poeta Guilherme de Almeida. Além de escritora premiada, foi jornalista profissional. Faleceu em 2005.

Uma obra que conquista o leitor e desperta a sua curiosidade

Lúcia em 1944, um ano depois de lançar seu primeiro livro, No fundo do mar.

Escritora por acaso

Apesar da proximidade com a escrita, Lúcia dizia que seu primeiro livro, *No fundo do mar* (1943), viera por acaso. Para distrair os filhos, com sarampo, ela inventou a personagem Piabinha. Nos anos seguintes, surgiram mais histórias e, na década 1970, todas as suas aventuras foram reunidas em *Estórias do fundo do mar*.

A infância na fazenda servira de inspiração para essas e outras obras de Lúcia, como ela mesma revelou em *Um pouco de mim*: "Criança solitária, eu passava os dias trepada nas árvores, acompanhando a maturação das frutas, visitando ninhos de passarinhos e observando as borboletas que saíam dos casulos. Ou então, descalça, eu me metia num córrego que por ali passava, a brincar com as piabas. Eu não imaginava que esse contato direto com a natureza iria me marcar para sempre".

Natureza

A natureza talvez seja o traço primordial da literatura de Lúcia. Um besouro está no centro do mistério de *O escaravelho do diabo*, um de seus maiores sucessos, publicado como folhetim em 1956 e relançado pela série Vaga-Lume em 1974.

Em 1976 a Vaga-Lume publicou *O caso da borboleta Atíria*, cuja protagonista é uma borboleta igual à que pousou no colo da autora quando ela tinha 6 ou 7 anos. Lúcia contou que simpatizara com o bichinho, mas só descobriu seu nome científico anos depois: *Atíria isis*. "É o livro por que mais tenho amor", confessou. *Spharion*, outro sucesso, veio no ano de 1979, arrebatando diversos prêmios.

Lúcia dizia que um bom livro é aquele que desperta a "curiosidade para o mundo" e que, se conseguisse dar um "sentido de solidariedade humana, de fraternidade universal e de respeito ainda pela natureza", então teria cumprido "sua mais alta missão".

Missão cumprida

Com *Xisto no espaço*, Lúcia conquistou o Prêmio Jabuti na categoria Literatura Juvenil no ano de 1968.

Elogiada por grandes nomes de nossa literatura, Lúcia ganhou um lugar de destaque na história da literatura juvenil brasileira.

A autora faleceu aos 94 anos, deixando uma legião de leitores. ●

*Este livro foi composto nas fontes Rooney e Skola Sans
e impresso sobre papel pólen bold 90 g/m².*